ベリーズ文庫

週末シンデレラ

春奈真実

JN287238

Starts Publishing Corporation

目次

一章：偽りの出会い

昼休みの食堂は、冷房が八月の蒸し暑さに負けている。

省エネのために温度が高く設定されているうえ、全社員の五分の一に当たる百八十人ほどがひしめき合っていれば、仕方がないのかもしれない。

しかし今、わたしが手に汗をかいているのは暑さのせいではなかった。

「了解……明日、楽しみにしてるね……っと。よしっ」

「詩織《しおり》、そんなに固くならなくても。紹介してもらうだけでしょ?」

友達にメールを送り終え、わたしが気合いを入れるように右手を握ると、目の前に座っていた同期の美穂《みほ》は呆れながら笑った。

「男の人、紹介してもらうなんて初めてだから……緊張しちゃって」

わたしの汗の原因はこれだった。

加藤《かとう》詩織。二十四年間、彼氏なし。合コンに行ったこともなくて、明日の土曜日に初めて男性を紹介してもらう。その緊張と不安で、会う前からすでに余裕をなくしていた。

だけど、紹介が嫌なわけじゃない。むしろ、嬉しい。

就職して二年目。やっと仕事にも慣れてきたし、周りは誰が好きだの、彼氏とどこへ行っただの、楽しそうな話ばかりで、わたしもそろそろ彼氏が欲しいと思っていた。そんなことを高校の時から仲がいい友達に話すと、有り難いことにその子の彼氏が男性を紹介してくれることになったのだ。

「まぁ、詩織は紹介とか合コンとかに慣れてないもんね。あ、仕事とは違うんだから、少しはオシャレしていくのよ」

「わ、わかった」

女子のお手本ともいえそうな美穂にビシッと注意され、わたしは肩をすくめてうなずいた。

美穂はどんな時でもメイクがバッチリきまっている。大きな瞳に長いまつげ、ふっくらとした唇にはツヤツヤのグロスを塗り、胸元まで伸びた栗色の髪はかわいいシュシュでまとめ、ネイルまできちんと手入れをしている。

それに比べてわたしは……。

スリープ状態になったスマホにぼんやりと映りこむのは、黒髪のショートボブに黒縁眼鏡《めがね》をかけた、化粧っ気のない地味な姿。

美穂もわたしと同じ、紺色のベストに膝丈のタイトスカートという制服を着ているのに、華やかさが違う。

でも、わたしだって好きで地味にしているわけではないし、恋を諦めているわけでもない。ただ、女性の先輩たちが怖くて派手にできないだけだった。

「相手はどんな人か聞いた？」

スマホに映る自分をじっと見つめていたわたしに、美穂が覗《のぞ》きこむようにしてたずねてきた。

「あ、うん。六歳上の、真面目で誠実な人なんだって」

「へぇ、いいんじゃないの。詩織はウブだから、年上の人がいいかもしれないね」

確かに、年上のほうが年下よりは甘えられるし、引っ張っていってもらえそうだと思う。

素敵な人だといいなぁ。

食べ終えたお弁当箱を片づけながら、美穂と一緒にどんな人だろうかと想像する。

緊張はやっぱりあるけれど、それ以上に新しい何かが始まるようでワクワクした。

明日のことを考えながら事務室へ戻ると、わたしたちが所属している総務部の休憩時間がちょうど終わるころだった。

総務部は、わたしがいる総務課と、美穂がいる経理課のふたつで構成されている。それぞれの課には二十人ほど所属していて、十人ずつデスクを合わせて島を作り、人が行き交える距離だけ空けている。総務部だけで四つの島があり、わたしの席はちょうど経理課の島と近い席で、美穂を始め経理課の人たちの顔がよく見えている。同じ事務室には約三十人が所属している監理部もあり、事務室の人数だけ見れば賑やかだけど、仕事中は黙々と仕事をしているのでわりと静かだ。

営業部や企画部、システム部などの、外回りや会議が多い部署とは違い、時間が固定的である総務部などの事務系は、部署ごとに休憩を取る時間が決まっている。ただ、昼休みに電話がかかってきた時に対応する人が要るので、部内で必ずひとりは電話当番として残ることになっていた。

「うわー……係長、もうお昼から帰ってきてる」

美穂は小さな悲鳴を上げながら、経理課にある自席へそろりそろりと戻っていった。

総務課は、電話当番の人以外はまだ誰もいないけど、経理課はすでに係長である都《つ》筑《づき》征一郎《せいいちろう》さまが仕事を始めていた。もちろん、彼は電話当番ではない。

鋭い光を放つ切れ長の目にノンフレームの眼鏡をかけていて、いかにも冷徹そう。

それにまっすぐ通った鼻筋に薄く上品な唇を配した顔は、整いすぎていて彫像のようだといつも思っていた。

蛍光灯の明かりで茶色く見える色素の薄い髪は、前髪をサラリと流し、百八十センチはある長身と細身のスーツを着こなすスマートな体型はモデルみたいで、パッと見はすごくモテそう。

入社十年目で係長、十五年目で課長と昇進する人が多い社内で、入社八年目の三十歳で係長。しかも、そろそろ課長代理に……なんていう噂もあるほど仕事ができる人。だけど、名前に〝さま〟なんてつけて皮肉りたくなるのは、口を開けば辛辣《しんらつ》なことしか言わないから。

それでも、そういう厳しさが総務部には必要だったりするんだよなぁ。……わたしは苦手だけど。

総務課長や経理課長は、優しいと言えば聞こえがいいけど、基本的に仕事態度や規則にゆるい。ふたつの課をまとめる総務部長はいるけど、席を外していることが多いので、総務部が仕事中にピリリと締まっているのは都筑係長のおかげかもしれない。

向かいにある経理課のほうに目をやりながら席へ着いた。パソコンの横から覗き見た都筑係長はシャンと背筋を伸ばし、忙《せわ》しなくキーボードを打っている。……が、その手を止めると美穂を呼んだ。

「大久保《おおくぼ》さん、ちょっと」

「は、はい……」

返事をする美穂の顔は強張《こわば》っていた。彼女を見ていたわたしまで、肩がすくみ上がってしまう。

「ここの合計にマイナスが出ている説明をしてほしいんだが」

都筑係長は書類を指先ではじきながら、隣に立った美穂に説明を求める。

美穂を問いただす声音は、あまり抑揚がなく冷静そのものだけど、むしろそれが怖い。

「えっと……」

「きみが入力したのに、わからないのか？」

都筑さまなら、彼女に問わずとも原因はわかっているでしょうに……。

美穂を追及する都筑係長に、わたしはため息をついた。

「ここの入力が違うからだ。大体、数字のひとつひとつが何の数字か、きちんと把握していないからミスをするんだ」

「す、すみません……」

美穂は口ごもりながら頭を下げる。

ミスの理由がわかっているなら、最初から指摘すればいいのに。

都筑係長の回りくどい叱責に、自分のことでなくともげんなりしてしまう。こういうところが苦手だ。

美穂に「頑張れ」と心の中でエールを送りながら、わたしは自分の仕事を進めることにした。だけど、今度はわたしが隣の席の武田《たけだ》さんに呼ばれる番だった。

「加藤さん、ちょっと手伝ってほしいんだけど」

「あ、はい」

いつの間にか昼休みから戻ってきていた彼女に、鼻にかかった声で呼ばれた。少し嫌な予感がしつつも、彼女のほうへ顔を向ける。

「この書類、半分お願いしていいかな？」

そう言って書類の束を半分に割り、それをわたしに差し出してきた。

嫌な予感は的中。今までも、こうして武田さんに声をかけられては、彼女の仕事を押しつけられていた。三年上の先輩だというのに、仕事のスピードが二年目のわたしより遅い。原因は、隠れてネットをしたり、「休憩」と言って給湯室でよく他の社員と話したりしているからだろうけど。

「で……でも、これ」

「ごめんね、わかってるのよ。すでに加藤さんが半分やってくれていることは。でもね、わたし……こんなに仕事抱えてて」

言葉をわたしの語尾にかぶせ、武田さんは自身のデスクをアピールしてくる。その両脇には書類がたくさん積まれていた。

「わかりました。では、半分……」

あまり気は進まないけれど、確かに忙しそうだから、ここは持ちつ持たれつ。それに、明日は土曜日。わたしにもついに春がやってくるかもしれないということで、ちょっぴり気分がよかった。

「加藤さん、頼まれてほしいことがあるんだけど」

受け取った書類をパラパラと確認し、デスクに積み重ねていると、今度は昼休みから戻ってきたばかりの総務課長に呼ばれる。

「はっ、はい」

今度は何だろうと思いながら課長の席まで行くと、バサリと書類の束を渡された。

「これを今日中によろしく」

「え？」

「武田さんに頼もうかと思ったけど……彼女、忙しそうだから」

「わ、わかりました……」

わたしの重たい返事なんて、課長には聞こえていないらしい。

誰かがやらなくちゃいけない仕事。だけど……さっき武田さんから受けた書類と合わせると、トータルでわたしのほうが忙しいことになる。

またうまく押しつけられてしまった……。


でも、気づいた時にはすでに遅かった。

あれから必死に仕事をこなしたけれど、定時を一時間過ぎても自分のデスクから離れられないまま。それに対して、書類を山積みにしていたはずの武田さんは、メイクを直して帰っていく。

ありえない。ありえないけど、前に一度たてついた時は、

『加藤さん、一度引き受けた仕事は最後までして当然よ』

と、悪びれもせずサラリと言われてしまったのだ。そのことがあるので、今日もとてもじゃないけど言う気になれない。

「詩織、まだ終わってないの？」

「み、美穂っ」

昼休みに怒られていた美穂は、もう帰れるらしい。仕事ができる都筑係長は、部下への仕事の割り振りも上手なようだ。

「あー……武田さんに押しつけられたんだ。今日、営業部と飲み会だって言ってたもんね」

わたしのデスクを見た美穂は、同情してくれているのか、渋い顔をした。

わたしたちが勤めている情報機器メーカーは、国内では一、二位を争う大手で、この自社ビルにはいくつもの部や課が存在している。その中でも、営業部にはイケメンが多い。

そんなイケメンとの結婚を狙う女性社員がたくさんいるうえに、営業部は社交的な人が多いので、飲み会が結構な頻度で開かれているらしい。わたしは縁がなくて、一度も参加したことがないけれど。

「明日会う人が、営業部の人よりかっこいい男の人でありますように」

仕事を押しつけられて、飲み会へ行かれたことが悔しくて、思わず願ってしまう。

そんなわたしを見て、美穂はクスリと笑った。

「わたしもいい人が現れるよう、願っておくわ。じゃあ、お疲れさま」

「ありがとう。お疲れさま」

わたしの肩をポンッと叩いて帰っていく美穂に、笑顔で手を振って見送る。

「はぁー……」

彼女の姿が見えなくなると、わたしはため息をひとつ零《こぼ》した。

総務課はわたし以外誰もいない。監理部も全員帰っている。……だけど経理課にはひとり、カタカタとキーボードを叩き続けている人がいた。

都筑係長……。

事務室に残っているのは、わたしと都筑係長だけになってしまった。

今、自分がこなしている仕事は経理課とは関係のないもの。だから、どんなに仕事が遅れようと、怒られることはない。そうわかっているのに、妙に緊張してしまう。

昼間と同じように、パソコンの横から係長を覗き見る。背筋はまっすぐに伸ばしたまま、眼鏡の奥にある瞳はパソコンの画面しか見ていない。

早く仕事を終わらせて、この居心地の悪い空間から出ていこう。

そう思い、書類に向き直った矢先、都筑係長がノートパソコンのふたをパタンと閉じた。

「えっ、か……帰られるんですか？」

驚いたわたしは、つい係長にたずねていた。

「ああ。仕事が終わったから帰るんだ」

わたしに答えながら、眼鏡のブリッジを中指で上げる。なにげない仕草がさまになっているけれど、蛍光灯に反射して光る眼鏡の奥の瞳に「当たり前のことを聞くな」と言われている気がしておびえてしまう。

「そ、そうですか……お疲れさまです」

「加藤さんはまだ残るのか？」

「は、はい……」

「電気代も経費のひとつだ。早目に帰るように」

都筑係長はピシャリと言うと、颯爽《さっそう》と事務室から出ていった。

「でっ……電気代って……何それっ」

係長の姿が見えなくなるやいなや、わたしはひとりで叫んでいた。

ひどい。仕事をしている部下にねぎらいの言葉もなく、経費のことを注意して帰るなんて。

「もうっ。さっさと仕事終わらせて帰る！」

一刻も早く帰って、明日に備えよう。絶対、彼氏作るんだから。真面目で誠実で、決して都筑係長みたいな人じゃない彼氏を。


土曜日。

わたしはいつもかけている黒縁眼鏡を外し、先日初めて作ったコンタクトレンズを入れて、今回男性を紹介してもらうチャンスを作ってくれた高校からの友達、麻子《あさこ》の家にお邪魔していた。

麻子は、彼女の職場である美容院の近くにワンルームを借りている。小顔でマニッシュショートが似合う彼女は、部屋もクラシック調の白い家具で揃えられていて、女の子らしくてかわいい。

その中でも麻子がお気に入りだと言う猫足の鏡台には、色とりどりのマニキュアやグロス、アイシャドウなどが並べられている。わたしはその椅子に座り、彼女にメイクをしてもらっていた。

特別な予約がある時は、髪のセットだけではなくメイクも担当するらしい麻子は、中腰のまま、手慣れた様子でいろんなアイテムを駆使していく。わたしはただ座って、彼女にすべてを任せるだけだった。

「経理課の係長なんて、わたしみたいな平社員が残るのは、電気代の無駄だって言うのよ。腹立つでしょ？」

麻子がメイクをしてくれている最中、わたしはずっと仕事の愚痴《ぐち》を言っていた。先輩の武田さんから仕事を押しつけられたことだけでなく、都筑係長のことも。

麻子はそれに共感するでもなく、反論をするでもなく、適当にあいづちを打って聞き流してくれている。吐き出すだけで満足するわたしには、それくらいがちょうどよかった。

「詩織、腹を立ててるのはわかったから、今はちょっと黙っててくれない？　グロスが塗れないのよ」

「はーい。……んっ」

麻子に注意され、大人しく唇を引き結ぶと、ピンク色のチップが滑っていく感触があった。普段はリップクリームしか塗らないので、ねっとりとした質感が慣れない。

わたしにグロスを塗り終えた麻子は、アーモンド形の瞳を大きく開けてしげしげと見つめてきた。

彼女に「できあがってからのお楽しみ」と言われ、鏡に背を向けて座らされているわたしには、今、自分がどんな顔になっているのか、メイクが完成したのかさえわからない。

昼過ぎからお邪魔して、かれこれ一時間以上メイクをしてもらっている。

グロスを塗ったらできあがりだと思ったんだけど……。

「で、できた……？」

わたしがおずおずとたずねると、麻子は納得したようにうなずいた。

「うん、できた！」

「ホント？　鏡、見てもいい？」

「いいけど、驚いて腰ぬかすんじゃないわよ」

麻子は自信ありげに腕を組んだ。

「自分の顔を見て腰ぬかすって……そんなわけないじゃん」

そう言いながらも、自分の胸がドキドキと脈打つのを感じる。

こんなふうに、丁寧にフルメイクをしてもらったのは初めてだ。どんな顔になっているのか、想像できない。

高鳴る鼓動を抑え、ゆっくりと鏡のほうへ振り向く。すると、そこにはパッチリしていながらもタレ目で、透明感のある白い肌に、頬がほんのりと桃色に染まっている、〝癒し系〟という言葉がピッタリな女の子が映っていた。

「うわっ……これ、わたし……？」

思わず自分で〝透明感のある肌〟や〝癒し系〟なんて思ってしまうほど、自分ではないみたいだった。

しかし、腰を上げて鏡を覗きこむと、映っている女の子も同じように近づいてくるので、やっぱり自分なんだと確信する。

「ひゃー……メイクって、すごいね。ここまで変わるなんて」

悲鳴を上げながら、鏡に映った自分の輪郭をなぞる。その形さえも変わってしまっているのではないかと思った。

「今日はつけまつげ使ったし、さりげなく見えるけどラインもがっつり引いたし、アイシャドウは上手にグラデーション入れて、しっかりフルメイクにしたからね。でも、自然に仕上がってるでしょ？」

「うんうん……自然だけど、いつもの顔と全然違う」

麻子の説明を聞きながら、片目を瞑《つむ》ったり、顔をいろいろな角度から見てみたりして、何度もうなずく。

「それにしても、みんなこんなに変わるものなの？」

世の女性がみんな、メイクひとつでこんなふうに変わっているなら、スッピンになった時、誰が誰かわからなくなりそうだ。

「詩織は眼鏡からコンタクトにしたから、特に印象が変わるんじゃないかな。それに服装の雰囲気もいつもと違うし」

「そっかぁ……」

わたしは着ている白いワンピースの裾をつまんだ。

いつもはベージュやグレーのトップスにデニムを合わせることが多く、スカートはほとんど履かない。よく言えばシンプルだけど、麻子からはもう少し若々しい格好をしたほうがいいとアドバイスされていた。

「けど、慣れないなぁ……」

コンタクトも慣れないけれど、ウエストラインが絞られて、裾がふんわりと開いたレース素材のワンピースはもっと慣れない。

職場では、制服のタイトスカートは膝まであるのに、今日は膝上十センチくらいの短さ。少し屈《かが》めば太ももが完全に見えてしまう。

「たまにはこういう格好もいいでしょ。ほら、髪のセットやるわよ」

麻子はわたしにもう一度座るように促すと、ヘアアイロンを持った。くしで梳《す》いただけのショートボブが、ふんわりとカールを描いていく。

「なんか……こんなふうにいつもの自分と違ったら、男の人を騙《だま》すみたいで悪いね」

わたしはヘアアイロンを持っていないし、コンタクトもワンピースも、先週麻子に付き合ってもらい、今日のために買った物だ。

普段の地味な自分を知ったら、男の人はどう思うだろう。

それを考えると、罪悪感で胸が痛くなる。

「騙してるんじゃなくて、綺麗にしてるの」

「麻子……」

「それに詩織は元がいいから、今日みたいにしっかりメイクをしなくても、ちょっとメイクしたりオシャレしたりするだけでモテると思うんだよね。なんで二十四年間、彼氏がいないのか不思議なくらい」

「そうかなぁ……。でも、今は先輩たちが怖くてオシャレできないよ」

武田さんに限らず、寿退社をたくらんでいる人は、他の女性社員の変化に敏感だったりする。陰で何を言われるかと考えると、怖くてオシャレもできない。

こんなことを他の人に言えば、何もそこまで気にしなくても……と思われるかもしれないけれど、麻子は納得したように息をついた。

「あー……そういえば高一の時だっけ？　わたしが詩織にメイクしてあげたら、女子の先輩に言いがかりつけられたことあったよね」

「そうそう。あれは怖かったよ……放課後、体育館の裏に呼び出されて、先輩五人くらいに囲まれて、みんなから睨まれて」

「新入生が生意気なんだよ、って言われたんだよね」

「うん。それで、泣いて謝ったんだよね……」

今思えば理不尽な言いがかりだけど、その時は、また怒られやしないかと、しばらくおびえながら登校していた。

「初めてのメイクでそんなことになったから、ちょっとトラウマになったんだよね。大学ではサークルが忙しくて、メイクに関心が向かなかったし、憧れた先輩はいたけど彼女がいたし、見ているだけで充分だったから」

そうこうしているうちに日々は慌ただしく過ぎていき、いつの間にか卒業してしまった。

「詩織が地味な理由は納得できるけど、彼氏が欲しいなら、これからはそれじゃダメなんだからね」

「わ、わかってる。ちょっとメイクをするだけでいいんだよね」

「そうよ、少し手間をかけるだけで、充分かわいくなれるんだから」

「うん……これから頑張ってみる」

彼氏を作るために、せめて休日くらいは先輩の目を気にするのはやめる。

それに、少しメイクをするくらいなら、そこまで印象も変わらないだろうし、男の人に対して〝騙している〟なんて思うこともないかもしれない。

「そうそう、その意気よ。……はい、髪のセットもできあがりっ」

「わっ……ヘアアイロンを使うだけでオシャレになるね」

目の前の鏡には、トップから丸みと艶を帯びた髪が毛先だけ巻かれ、コロンと女らしいシルエットでありつつ、ナチュラルで気取らない雰囲気のわたしがいた。

「でしょ。結構簡単だから、詩織もこれくらい使えるようになりなさい。わたしが教えてあげるから、女磨き頑張るのよっ」

麻子はヘアアイロンを鏡台に置くと、喝を入れるかのように背中をバンと叩いてきた。

「う、うん……ありがとう、麻子」

わたしは痛さでジンジンと痺《しび》れている背中を丸めながらお礼を言った。

わたしの準備を終えた麻子は、自分のメイクを簡単にすませると、胸元で切り替えしのあるシフォン素材のワンピースを着た。

どこかかっこよさのある髪型の麻子だから、かわいらしいワンピースが似合うのかと見ていたら、ゆるいウエーブのかかった、胸元まで長さがあるウイッグをつけた。

それからふたりで街へでかける。

待ち合わせの時間には余裕があったので、ファッションビルとデパートが立ち並ぶ大通りを歩き、新しい洋服やメイク用品を買った。

オシャレをするだけで、買い物や街を歩くことがこんなにも楽しくなるなんて。

わたしはスキップしそうな気分で歩いていた。

「そろそろお店に向かおうか」

ファッションビルから出ると、麻子が腕時計を確認しながら提案してくる。待ち合わせの十八時まで、あと二十分ほどだった。店までは、今いる場所から歩いて十五分くらいはかかる。

「そうだね。あー……ドキドキしてきた」

わたしが胸を押さえて深呼吸すると、麻子が小さく笑った。

「大丈夫だって。真面目で誠実な人って彼も言ってたし。あ、でも無理に付き合うなんてしちゃダメよ。わたしはただ、紹介するだけなんだから」

「うん、わかってる」

彼女の気遣いを嬉しく思いながら歩き出すと。

「いたっ……」

踵《かかと》に痛みが走った。

立ち止まって足元を見ると、パンプスと踵が擦れて赤くなっていた。慣れない高さのヒールで歩いたから、靴擦れをしてしまったらしい。

でも、もうすぐお店だし……これくらいなら、大丈夫かな。

「詩織、どうしたの？」

「あ、ううん……なんでもない」

わたしは麻子の呼びかけに応え、歩みを進めた。

待ち合わせ場所である居酒屋には、約束の五分前に着いた。

創作和食を出しているその店は、安くて美味しいので人気があり、全席個室の店内は、開店して一時間しか経っていないのに、すでに満席らしい。

店員に案内され、予約してくれていた部屋に入ると、ブラウンの短髪につぶらな瞳をした男性がいた。

「お、来た来たっ」

わたしたちを見るなり、小さな口からニッと白い歯を覗かせる。座っていてもわかる小柄な体格と、あどけない笑顔が少年のようだ。

……この人が、紹介される人だろうか。

そう思った時、男性が麻子に話しかけた。

「その子が詩織ちゃん？」

「うん、そう。あ、詩織。この人がわたしの彼氏。お客さんとして来ていた人なの」

「は、初めまして」

個室へ入り、立ったままお辞儀をすると、麻子の彼氏もわざわざ立ち上がって、挨《あい》拶《さつ》をしてくれた。

「あ、どうも。俺は高見一也《たかみかずや》って言います。麻子から詩織ちゃんのことはよく聞いてるよ。かわいくっていい子なのに、周りの目を気にしすぎるから、二十四年間ずっと彼氏がいないって」

「麻子ぉ……」

そりゃ、彼氏がいないから紹介してもらうんだけど。二十四年間っていう情報は要らなかったんじゃないの？

麻子にキッと鋭い視線を向けると、彼女は「ごめん」と両手を合わせたあと、一也さんの脇腹を肘でこづいた。しかし、一也さんはなんでこづかれているのかわかっていない様子で、キョトンと目を丸くするだけだった。

「それで、一也の友達は？」

「ああ、電車が遅れてるって、さっき連絡があったんだ。もう少し待ってくれる？」

四人席のテーブルに、わたしと麻子が並んで座り、麻子の前に一也さんが座った。

わたしの前には、これから知らない男性が座るんだ……。

「どんな人なの？　大学からの友達って言ってたっけ？」

緊張で鼓動が速くなるわたしをよそに、麻子は一也さんから男性の情報を聞きだしている。

「そうだよ。俺と同じ三十歳で、大学の時に知り合って仲良くなって。今もたまに飲みに行くんだよ。口数は少ないけど、間違ったことは言わないし、嘘はつかないし、いいやつなんだ」

「その人も一也と同じSEなの？」

「いや、学部も情報系で同じだったけど、業種は違うよ。大手の情報機器メーカーに就職してる。大学の時は成績よかったし、きっとやり手なんじゃないかな」

どうやら一也さんはシステムエンジニアらしい。……けど、ここに座る人は情報機器メーカーに就職している人。

……わたしと一緒なんだ。

営業や開発に携わる部署ではないので、製品についてはあまり詳しくないし、他社の製品となればもっとわからない。それでも他の人より、話は合うかもしれない。

口数が少ないなら、そういった話題でちょっとでも打ち解けられたらいいな。

頭の中でシミュレーションをしていると、余計に緊張が高まってきた。

「ご、ごめん……ちょっとお手洗いに」

「わたしも行こうかな。詩織、ついでにメイクも直しておこうよ」

わたしと麻子は一緒に個室を出た。

「そろそろ来てるかなぁ？」

お手洗いで簡単にメイクを直してから、わたしたちは一也さんが待つ個室へ戻っていた……が。

「一也……紹介って、どういうことだ？」

個室の前まで来た時、引き戸の向こうから漏れ聞こえる声に、わたしの身体は固まった。

「あ、来てるみたいだね」

「まっ、待って。麻子っ」

麻子が個室の戸に手をかけたが、わたしはそれを小声で引き止めた。

「……詩織？」

麻子が怪訝《けげん》な顔をして、こちらを覗きこんでくる。しかし、わたしは呼びかけに答えられないほど焦っていた。

まさか……とは、思うけど。でも……。

わたしが耳をそばだてて中の様子をうかがっていると、男性はもう一度、一也さんにたずねた。

「どういうことだ、と聞いているんだ」

「だ、だからぁ……お前に女の子を紹介しようと……」

「そんなこと、頼んでもいないし、話も聞いてないぞ」

しどろもどろになっている一也さんを、ピシャリと咎《とが》める低く冷淡な声。

この声、この怒り方……や、やっぱり——都筑係長？

仕事以外で会いたくもない苦手な都筑係長が頭に浮かび、わたしは背筋に悪寒が走るのを感じた。

まさか、あの係長が？　けど、三十歳で大手の情報機器メーカー勤務って、まさしく都筑係長……。でもでも、一也さんは男性のことをいい人だって……。

声の主が都筑係長であることが怖くて、その予想を無理やり否定する。

しかし、ここであれこれ考えていても、男性が都筑係長なのか、それとも声や口調が似ている人なのかどうかわからない。

このまま立ち尽くしているわけにもいかないし、一也さんと話している人物を見てみないと……。

「麻子、ちょっとごめん」

「詩織、どうしたの？」

引き戸の前に立っていた麻子に避《よ》けてもらい、わたしは音をたてないようそろそろと戸を開けた。

「紹介なんて言ったら、お前来ねぇだろ」

「当たり前だ。大体、俺が嘘や隠し事が嫌いなのは知っているだろう。それをこんなふうに呼び出して……」

「悪かったって。けど、そんなに怒ることねぇじゃん。かわいい女の子と飯食うだけだぞ。ちょっと落ちつけって……ほら、座ってさ」

開けた戸の隙間から覗くと、信じたくもない光景が広がっていた。

誰が座るのだろうと思っていたわたしの前の席には、一也さんに促されて座る都筑係長の姿が……。

「う、うそぉ……」

その場に膝から崩れ落ちてしまいそうになる。麻子にしがみつきながら堪えると、彼女は心配そうな顔で覗きこんできた。

「詩織、さっきからどうしたの？」

「か、かか……」

「か？　蚊がどうしたの？」

「蚊じゃなくて……係長なの……あの人、さっき話してた係長なのぉ……っ」

「えぇっ……ちょ、本当に？」

「うん……本当に……」

驚きを必死で堪え、小声でたずねてくる麻子に、泣きそうになりながらうなずく。声は震えていた。

信じたくない。だけど、戸の隙間から見える男性はまぎれもなく都筑係長だ。

「どうしよう……」

こんなに頑張ってオシャレして、男性を紹介してもらっているなんて、あの係長に知られたくない。絶対馬鹿にされる。

「あ、麻子……帰ってもいい？」

「そんなぁ……詩織の気持ちはわかるんだけど、嘘までついて彼を呼び出した一也の面目もあるのよねぇ」

確かに、帰ろうとしている係長を懸命に呼び止めている一也さんを見ていたら、わたしが帰るのは悪いような気がしてくる。

せめて、係長も同じく異性を紹介してもらうことがわかってここへ来ていたら、お互い秘密ということですんだのに。

どうしたものかと困り果てつつ、改めて開けた戸の隙間から係長の姿を確認する。

今日の係長は、眼鏡こそ仕事の時と同じノンフレームのものだけど、襟元のデザインがオシャレな紺色のポロシャツに、ベージュのチノパンを合わせていてラフなスタイル。袖口から伸びる二の腕は引き締まっていて、襟元から覗く鎖骨はくっきりと浮かび上がっていて美しい。しっかりした胸板は頼りがいがありそうで、端麗な中に男らしさも感じる。困惑を露《あら》わにしている表情もまた渋く見え、係長だけドラマのワンシーンを撮っているみたい。彼の性格を知らなければ、間違いなくときめいていただろう。

だけど、どれほど嫌味な人か知っているわたしは、どうやってこの場から逃げようか……という考えしか浮かばない。

「もうすぐ俺の彼女も来るからさ。挨拶だけでもしてくれよ」

「……ったく。俺は誰か紹介してほしいなんてひと言も言ってないからな」

しぶしぶ座った係長は、一也さんの説得に根負けした様子で大きく息をつく。そんな係長の肩に、一也さんが励ますように手を置いた。

「なんだよ、征一郎。まだ五年前のこと、引きずってんのか？」

「違う。ただ……今は恋愛とか結婚とか、そういうことに興味がないだけだ」

都筑係長は一也さんの手をうっとうしげに払い、不機嫌そうに眼鏡のブリッジを上げた。

……五年前？　わたしが入社する前だ。何かあったのかな。でも、それはわたしが気にすることじゃないし……。

「まぁまぁ、そう言うなよ。かわいい子だったし、性格もよさそうだったぞ。それに、べつに付き合えって言ってるわけじゃないから。嫌だったとしても、店の時間が決まってるんだ。たかが二時間の我慢だろ」

一也さんの言葉を、係長は眉をしかめて聞いていた。嫌々ではあるが諦めているみたいだ。

「二時間の我慢……か」

ふたりの様子を見ていたわたしは、無意識に呟《つぶや》いていた。

「ご、ごめん。一也って、そういうところ無頓着《むとんちゃく》っていうか……」

それを聞いた麻子がわたしに手を合わせて謝る。どうやら、わたしが一也さんの言葉に傷ついたと思っているらしい。

でも、わたしが「二時間の我慢」という言葉に引っかかったのは、傷ついたわけでも、怒っているわけでもない。……腹を括《くく》ったからだった。

「麻子のウイッグって、わたしにつけられないかな？」

「このウイッグを？」

「うん。そうしたら、わたしだってことが都筑係長にバレないと思うから」

メイクだけでも随分変わった。服装だって、いつもは制服なのに今日は私服。そのうえ髪型を、黒髪ショートボブからゆるふわな栗色に変えれば、まさに別人だろう。いつも話をしている美穂ならともかく、普段接する機会が少ない都筑係長に、わたしだとわかるはずがない。

「わかった。じゃあ、わたしも詩織だってバレないように気をつけるね」

麻子と密約を交わすかのように深くうなずき合い、わたしたちはウイッグをつけるためにお手洗いへ戻った。

「お待たせ。ごめんね、お手洗い混んでて……」

都筑係長と一也さんが待っている部屋の中へ、麻子と謝りながら入る。一也さんはわたしたちを見るなり、不思議そうな顔をした。

「え、あれ？　ふたりとも……あれ？」

それもそうだ。お手洗いから戻ってきたと思ったら、わたしたちの髪の長さが変わっているのだから。けれど、そこは細かいことを気にしない一也さんらしく、麻子が「シーッ」と合図を送るだけで、特に何も突っこんでこなかった。

……緊張する。

自分の席へ腰を下ろしながら、足が震えるのを感じる。喉《のど》がカラカラに渇いていたので、わたしはうつむいたまま水が入ったコップを取った。

一気に飲み干してしまいたいけれど、顔を上げて係長にバレるのが怖かったので、チビチビと口へ含む。麻子がわたしを気にして横目でこちらを見てくるのがわかった。

「よし。全員揃ったし、とりあえず何か頼もうか」

何も知らない一也さんは、楽しそうにメニュー表を広げて店員を呼ぶ。

「飲み物は……俺と征一郎はビールだろ。麻子はカシオレだよな。詩織ちゃんは？」

「あっ……！」

そういえば名前……！

見た目を変えても名前がそのままだと、疑われてしまうかもしれない。

「しお……」

「あ、わた……わたしもカシスオレンジでっ」

一也さんに再度名前を呼ばれそうになり、わたしは慌ててそれを遮《さえぎ》った。一也さんは「了解」とだけ返事をすると、適当に料理を注文していた。

しかし、一也さんの隣に座った係長が、じっとこちらを見てくる。それはうつむいていても、痛いほど視線を感じるくらい露骨なものだった。

係長としゃべりたくはないけれど、無言で見つめられることほど耐え難いものはない。

「あ、あの……何か？」

わたしはうつむいたまま、前髪から覗くようにして彼にたずねた。

「きみ……俺とどこかで会ったことはないか？」

「えっ……！」

もうバレちゃったの⁉

身体中から汗が一気に噴き出てくる。

「おいおい、気が進まないとか言っておきながら、いきなり誘ってんのかよ。自己紹介もまだだっつうの」

注文を終えた一也さんは、係長がこの紹介に乗り気になったと思ったのか、嬉しそうに顔をほころばせる。だけど、そんな一也さんとは対照的に、係長はムッと眉根を寄せた。

「違う。彼女の声を、どこかで聞いたことがあると思ったからだ」

ま……まずい。

一也さんに注文をお願いする時、名前のことばかり気にしていたから、声を変えることまで気が回らなかった。

……このままじゃバレてしまう。

思ったよりも鋭い係長に焦りながら、わたしは電話に出る時のように、上品で高い声を意識して口を開いた。

「おっ……お会いしたことはありません」

「そうか。なら、俺の勘違いだ」

新人研修で叩きこまれたことが、仕事以外で役立つ時が来るなんて。

ドキドキしながら答えたけれど、係長はそれ以上は食いついてこなかった。

とりあえず、まだバレていない。それでも、見た目と声だけではなく、やっぱり名前も変えたほうがいいだろう。「加藤詩織」なんてありきたりな名前だけど、用心するに越したことはない。

やがて飲み物が来ると、一也さんが乾杯の音頭を取った。

「今日は堅苦しくならず、楽しく飲みましょう！ってことで……乾杯！」

みんなでグラスを合わせる。この場に嫌々いるはずの係長も、空気を読んだのか、きちんと乾杯をしていた。

「じゃあ、まずは簡単に自己紹介しよっか。俺は一……さっき詩織ちゃんに挨拶したからヨシとして、この子が俺の彼女で麻子」

「び、美容師やってます。で、この子がわたしの友達で……」

麻子が恐る恐る視線を送ってくる。名前を言わないのは、きっと麻子もまずいと思っているからだろう。

「あ、か……サトウカオリです」

咄嗟に思いついた名前を述べる。麻子は「話を合わせる」、と言うように小さくうなずいてくれたが、一也さんは目を丸くしていた。

「あれ？　詩織ちゃんじゃないの？　麻子もそう呼んでなかったっけ？」

「え、えっとねぇ……詩織っていうのは、あだ名で……ね？」

そういうことにしなさい、と言わんばかりに強く話を振られる。確かにあだ名ということにすれば、名前の説明がつく。

「そ、そうなんです！　高校の時、同じクラスに〝カオリ〟っていう名前の子がわたしの他にもうひとりいて、まぎらわしかったので、本好きだったわたしが本の栞《しおり》から〝シオリ〟って呼ばれるようになったんです」

いい提案をしてくれた麻子に感謝しつつ、わたしは必死に〝シオリ〟をあだ名にするための作り話を考えた。

でも、苦しい。もともと口下手なのに、作り話なんてうまく話せるはずがない。バレてしまわないだろうか……。

ワンピースの下に大量に流れる汗を感じながら、ゴクリと唾を飲みこむ。

うつむいたまま上目で係長を見ると、先ほどから変わらず無関心そうな顔のまま。その表情から気持ちは読み取れなかった。

「へー……まぁ、あだ名ってそんなもんだよね」

一也さんは何も疑問に思わなかったらしく、あっさり納得すると、ビールを口へ運んだ。

きっとわたしに会う前から麻子に名前を聞いていたはずなのに、髪型の変化同様、気にならないらしい。ビールジョッキをテーブルに戻すと、お通しをつまみながらしゃべりだす。

「あだ名なら俺も呼んでいいよね。もう〝詩織ちゃん〟で慣れちゃったからさぁ」

「あっ、はい」

やはり一也さんはわたしの話を信じてくれたらしく、そのまま話を続け、係長のほうを指さした。

「でさ、詩織ちゃん。コイツが俺の友達で征一郎。怖そうな顔してるけど、結構いいやつなんだよ。仲良くしてやって」

「は……はい」

仲良くなんてできるはずもない……というより、これ以上関わりたくない。

その気持ちを抑えてうなずくと、係長は面倒くさそうにため息をついた。

「俺は都筑征一郎。悪いけど、恋愛する気はないから」

「へ？」

「彼氏を探しているなら、他を当たってくれ」

係長は落ちついた声でハッキリと言う。

この部屋に入る前に聞いていたのでわかっていたことだけど、目の前で言われると少し腹立たしい。

「おい、素っ気なさすぎるぞ。友達からってことでいいじゃん」

「三十歳にもなって、今さら新しい友達が欲しいとは思わないな。彼女だって、男友達を求めているわけじゃないだろ」

「だからって、その言い方はないだろう」

「こちらの意思を伝えることの何が悪い」

「そうじゃなくて、言い方が悪いって言ってんの」

一也さんが素早くたしなめるが、係長には反省した様子がない。

わたしも腹が立ったけれど、係長に好かれたいわけではないので、べつにどう言われようと構わなかった。でも、そんなことを知らない一也さんは、自分のことのように怒ってくれている。

わたしの隣にいる麻子は、子どものようなやり取りをしているふたりを、ハラハラしながら見守っていた。

……なんだか申し訳ない。

「か、一也さん、もう結構です。わたしも都筑かかり……っ、都筑さんと恋愛する気はありませんから」

「詩織ちゃん……」

わたしが場の空気が悪くなるのに耐えられず口を挟むと、一也さんはすまなそうに眉尻を下げた。

都筑係長は依然として表情を変えず、こちらに冷たい視線を送ってくるだけ。

するとは麻子が、指先でわたしの太ももをチョイチョイとつついてきた。

「ち、ちょっと……詩織、都筑さんを怒らせたんじゃないの？」

「え、わたしが？　なんで？」

「詩織の言い方も、失礼だったと思うけど」

「そ、そっか……」

売り言葉に買い言葉だったとはいえ〝都筑さんと〟なんて、限定的に恋愛する気がないことを伝えたのは失礼だったかもしれない。

本心だし、嫌われてもいいけれど、この場の雰囲気を悪くしたくないと思って言ったのに、これでは逆効果だ。

「あ、あの……っ、ごめんなさい。言い方が悪かったかもしれませんが、わたしはこういう場が不慣れで……慣れるために来たようなものなので、お気になさらないでください」

これで係長の機嫌が直ればいいけど……。

チラリと係長のほうを見ると、顔は相変わらず無表情で怖いけど、わずかに目を丸くしていた。

「そうか。きみも大変なんだな」

「……都筑さん？」

怒らないんだ……。

思いもよらぬ返答に、わたしのほうが驚いて瞳を見開いてしまう。

「この場に俺がいるだけで飲み会の練習になるのなら、手伝おう」

「えっ……？　あ、ありがとうございます。でも、怒っていたんじゃ……」

あの、厳しくて辛辣なことしか言わない係長が、初対面の女性に「手伝おう」と言うなんて……信じられない。つい疑うような視線を向けてしまう。

すると、係長は小さく首を捻《ひね》り、怪訝な顔をした。

「怒ってる？　どうしてそうなる。恋愛する気はないという俺の言葉で、きみは気分を害したんだろう？　その結果として出た言葉なら俺が原因だ。怒るはずがない」

「はぁ……」

「もし怒っているように見えたなら、きみの思い違いだ。安心してくれ」

「は、はい……」

どうやら係長は怒っていないらしい。

それは意外だったけど……仕事以外でもこんなふうに面倒くさいしゃべり方するんだ。これじゃ、彼女いなくても当たり前かも。

「練習にあたって、何かあれば言ってくれ。俺にできることならやろう」

「えっ⁉」

手伝おうとしてくれるだけでも驚いたのに、積極的な姿勢を見せられて、うっかり大きな声を出してしまう。

「……何か？」

わたしの驚きようが気に障ったのか、係長が眼鏡の奥の瞳を光らせて見てくる。

や、やっぱり怒ってるんじゃないの？

「いっ、いえ……なんでもない、です」

わたしは慌てて首を振ると、肩をすくめて小さくなった。しかし、一也さんはわたしたちのやり取りを見て、にっこりと笑っている。

「大丈夫だよ、詩織ちゃん。征一郎は無表情だし、冷めた顔してるから、怒ってるって間違えられることが多いけど、案外気は長いやつなんだ」

そう言って係長の肩に腕を回した。

「腕を回すな。暑苦しい」

都筑係長はうっとうしそうに一也さんの手を払いのけた。

係長のしかめた顔はやっぱり怒っているように見えるけど、一也さんから言わせれば、この表情も〝怒っていない〟ということなのだろうか。

「征一郎、俺が就活中に面接で苦戦してる時、練習で付き合ってくれたんだけど、うまくいかなくて何回やり直しても怒らなかったし、テスト勉強なんかで同じ問題を何度も聞きにくるやつにも、毎回わかるまで説明してやってたよ。コイツ、困っている人を放っておけないタイプなんだ」

「そ、そうだったんですか……」

次々に係長の意外な一面がわかって、驚きを隠せない。きっと今のわたしは呆けた間抜けな顔をしているはずだ。

「だから、何でも言ってみたらいいんじゃない？」

どこかこの状況を楽しんでいる一也さんに促され、新入社員が上得意様にコーヒーを出すがごとく、おずおずとお願いしてみる。

「じ、じゃあ……もう少し砕けた話し方をしていただけませんか?」

係長は眼鏡を中指で押し上げると、困ったとばかりに小さく息をついた。

「話し方を変えるというのは性格を変えるに等しい。難しいな」

「そ、そうですか……」

キッパリ言い切るしゃべり方は、いつもなら怒っているのかと思ってしまう。

……でも、今は怖くはない……かな。

自然と少しだけ肩の力が抜けるのを感じる。麻子もホッと息をついているのがわかった。

係長、本当は優しいなら、怖い顔や堅苦しいしゃべり方をせずに人と向き合えばいいのに。それができないから、怖い人だと誤解されるんだろうけど。

「不器用な人……」

「は?」

「あっ……!」

係長を見ていて思ったことが、うっかり口から漏れてしまっていた。

慌てて口を押さえたけれど、係長には聞こえてしまったらしい。聞き返してくる瞳が鋭くて、わたしは反射的に身体をすくませた。

「え……や、べつになんでも……」

曖昧に言葉を濁していると、一也さんはやっと理解者を見つけたとでも言うように、ポンと手を打って、嬉しそうに笑った。

「そうなんだよ。征一郎はすごく不器用なやつで、誤解されやすいんだ。詩織ちゃん、よくわかったね。短時間なのに、もうコイツの性格見抜いたの？」

「い、いえ……都筑さんに似た雰囲気の上司がいて……」

この言い方もまずかったかな。

こわごわと向かいに座るふたりを見ると、一也さんは苦い顔を都筑係長に向けていた。

「うわぁ……こんな上司いたらヤだね」

「何だと？」

すかさず係長は眼鏡の奥の瞳を光らせ、一也さんを睨みつける。だけど、一也さんはそれに動じることなく、テーブルから身を乗り出してわたしにたずねてきた。

「まぁまぁ。で、どんな上司なの？」

「えっ⁉ えぇっと……どんな上司と言われても……」

どんなって……今、一也さんを睨んでいる人ですよ！

れない。

……なんて、言いたいけれど言えるはずもない。

まさかここまで一也さんの興味を惹いてしまうとは思わなかった。細かいことは気にしない性格みたいなのに、自分の友達と似ていると聞いて、興味がわいたのかもしれない。

……でも本当は〝似ている〟じゃなくて、〝本人〟なんだけど……。

わたしが戸惑っていると、個室の戸が開いて注文していた料理が運ばれてきた。大根と水菜のサラダや、新鮮なお刺身の盛り合わせなどがテーブルに並ぶ。

「ほ、ほらっ。詩織の好きなサラダが来たよ。一也は唐揚げが好きだよねー……」

「おっ、ありがと。で、どんな上司？」

麻子が話を逸らそうとしてくれたけれど、一也さんはどうしても気になるのか、目をキラキラさせて再びたずねてきた。

どうしよう……でも、これっていい機会なのかも。係長の悪いところを言って、本人に気づかせることができれば、直してもらえるかもしれないし。それに、ここにいる係長は、職場の時と違って怖くない。

わたしはゴクリと唾を飲みこみ、喉から声を絞り出した。

「つ、都筑さんとはちょっと違うんですけど……ミスしたところがわかっているのに、どこか指摘せずに書類を返したり、残業していたら『電気代の無駄だから早く帰れ』って言ってきたり……厳しすぎて、優しさが感じられない人なんですよね。あ、都筑さんはそんなことないと思いますけど」

わたしの言葉を聞いた都筑係長は「そうか……」と呟くと、あごに手を当てて黙りこんでしまった。

何か考えているみたい……言いすぎたかな。

「へぇ、厳しい上司がいるんだな。征一郎はそんなふうになるなよ」

「だ、大丈夫でしょ。都筑さんなら……」

何も知らない一也さんを、麻子が慌ててフォローする。さっきから彼女をハラハラさせっぱなしだ。

やがて、考えこんでいた都筑係長がゆっくりと口を開いた。

「……それは、上司がミスに気づかせようとしたんじゃないか？」

「え？」

「電気についても、きみを心配して早く帰らせようとしたんじゃないだろうか」

「わたしを心配……？」

そんなふうに考えたことがなかった。厳しい姿を知っているだけに、とてもじゃないけど思えるはずがない。

「で、でも……そんな言い方ありますか？」

「心配だから早く帰れ……とは、照れくさくて、なかなか言いづらいものだからな。それで意地の悪い言い方になったんじゃないかと思う」

「そんな……いくら照れくさくても、意地悪な人だって誤解されるよりストレートに言ったほうがよくないですか？」

「ああ、そうだろうな。だけど、ストレートに言うことができないんだから仕方がない。……少なくとも、俺なら意地悪な言い方しかできないな」

そうだったんだ……嫌味で言われているのだとばかり思っていたのに……。

「……ありがとうございます」

「それは、どういう礼だ？」

「あっ、いえ……都筑さんのおかげで、上司の気持ちが理解できたので」

心配してくれて……とは、言えるはずもない。

「そうか。それならよかった」

係長はニコリともせず、ビールをグイと飲み干した。

……もったいない。

きちんと部下のことを考えて発言しているのに、意地悪な言い方しかできないから、裏にある本当の係長の気持ちが今まで全然伝わってこなかった。

わたしも美穂も他の社員も、係長のことを、〝仕事はできるけど部下に厳しい人〟という認識しかしていないと思う。

「……もったいないですよ、都筑さん」

「どういう意味だ？」

「都筑さん、本当は優しいのに……きっとわたしの上司みたいに、周りには難しい人だと誤解されています」

「なっ……俺が優しい？　どうしてそうなるっ」

係長は口をへの字に曲げると、一也さんが注文していたビールを、横取りしてあおった。

「あっ、おい……俺が頼んだビール……」

「また注文すればいいだろ」

「ひ……人の物を飲んでおいてなんだよ、それ！」

係長の無遠慮な物言いに、一也さんは驚いて目を瞬《まばた》かせていた。

ど……どうしよう……。

褒めたつもりだったけど、調子に乗って言いすぎてしまったみたいだ。ついに怒らせてしまったかもしれない。

どうやってフォローをしようかとうろたえていると、店員にビールを注文し直した一也さんが、肘で係長の脇腹をこづいていた。

「わかった！　征一郎、優しいって言われて照れてんだろぉ」

「照れてないっ」

係長はしかめ面のまま、一也さんの肘を乱暴に払いのける。

係長が照れてる？　どう見ても怒っているように思えるんだけど……。

そう思いながら係長を見ると、あることに気づいた。

「耳……赤い」

わたしが思わず呟くと、係長はビックリしたように眼鏡の奥の瞳を見開いた。

「あ、赤くないっ」

係長の声がわずかに震えている。

「でも、ご自身ではわからないかと……」

「もっ、もし赤いなら……酒のせいだ」

冷静を装っているつもりみたいだけど、耳は明らかに赤くなっている。気づかれたのが恥ずかしかったのか、係長はわたしから顔を背けて耳を押さえた。

思わずクスリと笑ってしまう。

……か、かわいい……かも。……い、いやいやいや、ありえないからっ。都筑係長に対してかわいいなんてありえないってば！

自分の中に生まれた感情に戸惑い、すぐさま否定する。

「ほら、征一郎。酒のせいにしたいなら、もっと飲まなきゃいけないだろ」

「うるさいっ」

係長は先ほどよりももっと耳を赤くして、一也さんから勧められるがままビールを次々に飲み干していった。

それからは和やかな雰囲気で食事をし、わたしの正体はバレることなく、なんとか二時間を終えたのだった。


「それじゃあ、わたしと一也はこっちの改札だから」

駅へ着くと、麻子は一也さんの腕を取って、わたしとは別の改札を指さした。どうやら、今日はこのまま一也さんの家に泊まるらしい。

「うん、わたしは中央改札だから。今日は本当にありがとうございました」

「あっ……詩織ちゃん、待って」

「はい？」

三人にお礼を言い、中央改札へ向かおうとしたら、一也さんに引き止められた。

「確か、征一郎も中央改札から電車に乗るよな。送ってもらえば？」

「えっ……で、でも……都筑さんに悪いですし、ひとりで大丈夫ですから」

やっと係長と離れることができると思っていたのに。電車に乗るまで一緒なんて、いつまで気を張っていなくちゃいけないのか。

わたしは全力で首を振って、一也さんの提案を断った……が。

「一緒の改札へ向かうだけなんだから、悪いも何もない」

「そ……そうですか……あ、ありがとうございます……っ」

係長がこんなに優しいなんて思わなかった。しかし、できればここは断ってほしかった……。

お礼を言うわたしの顔は、きっと引きつっていたと思う。麻子が心配そうにこちらを見てくるのがわかった。

「詩織……それじゃあ、わたしたち帰るけど、気をつけてね」

「うん……ありがとう」

麻子の〝気をつけて〟という言葉の裏には、きっと〝バレないように〟という意味が含まれているのだろう。

わたしがしっかりうなずくと、麻子も深くうなずき返してくれる。そして、係長にも別れの挨拶をすると、ふたりは改札の向こう側へと消えていった。

ふたりを見送ったあと、係長はわたしのほうへ向き直り、眼鏡のブリッジを上げた。

「ホームまで送ろう」

「はい、ありがとうございます」

……送っていただかなくても結構なんですけど。

その言葉をグッと飲みこみ、係長の隣に並んで歩きだした。

居酒屋の時よりも至近距離だというのに、目を合わせても、係長はいまだにわたしが〝加藤詩織〟であるということに気づかない。

きっと課が違うわたしのことを、普段は意識していないせいだろう。興味を持たれていないことは女として悲しい気もしたけれど、今日ばかりは助かったと思う。

そんなことを考えながら歩いていると、踵にズキリと痛みが走った。

そういえば、靴擦れしてたんだ……。

居酒屋でいる時は靴を脱いでいたから楽になっていたけれど、またパンプスを履いたので痛みがぶり返してきた。

ジンジンと痺れるような痛みに、足に力が入らなくなる。蒸し暑さからではなく、痛さから額に汗がにじんだ。

靴擦れのせいで歩く速度が遅くなってしまい、横に並んでいたはずの係長は、いつの間にか前方にいた。

「きみは何番ホームだ？」

係長は案内板の前でこちらを振り返って、たずねてくる。

「あ……一番なので、ここで結構です」

「俺は二番だから……じゃあ、ここで」

「はい。ありがとうございました」

これでやっと係長から解放される。

わたしは今日一番の明るい声でお礼を言い、ホームへ続く階段を下りる。係長も二番ホームへ向かいだした。

バレずにすんでよかった……。

ひとりになった安心感からホッと息をついていると、ガクンと視界が揺れる。痛さから感覚を失っていた足が、階段を踏み外してしまった。

「きゃ……っ」

わたしは咄嗟に手すりを握り、その場に尻餅をついて座りこんだ。

「どうした⁉」

駅構内に都筑係長の声が響く。わたしの悲鳴が聞こえたので、振り返ってくれたようだ。

「あ、危なかったぁ……」

手すりがあったからよかったけれど、そのまま前に転げていたら、前にいる人も巻きこんで下まで落ちているところだった。もう少しで大きな事故になっていたかと思うと怖くなる。冷や汗を拭って安堵するが、心臓は激しく脈打っていた。

「おいっ、大丈夫か⁉」

足が震えて立ち上がれず、その場にへたりこんだままでいると、血相を変えた係長が駆け寄って来てくれた。

「怪我はないか？」

「だ、大丈夫です……いっ……！」

係長に答えながら、まだ震えが残る足で立ち上がろうとすると、今度は足首に痛みがあった。思わず、またへたりこんでしまう。

座ったまま足首を見ると、赤くなっていた。どうやら、踏み外した時に捻ったらしい。

踵だけでも痛かったのに……。

やはり慣れない靴は履くものではないと思う。

「赤くなっている。捻ったようだな……踵も靴擦れを起こしている」

わたしの異変に気づいたのか、係長がしゃがんで足元をまじまじと見ながら呟いた。

ふたりともホームに続く階段で座りこんだままで、電車へ乗る人たちの邪魔になっている。

このままでは周りの人に迷惑だし、係長にも……。

「あの、わたしは大丈夫なので。どうぞ、電車に乗ってください」

係長とはホームも違う。まだ二十時過ぎだから電車は何本もあるけれど、わたしに付き合って乗り過ごすこともないと思った。

すると、わたしの言葉を聞いた係長は眼鏡の奥の瞳を見開き、不思議なものでも見るかのように凝視してきた。その表情は驚いているようにも、怒っているようにも見える。

「大丈夫だと……？　きみは馬鹿か」

「なっ……ば、馬鹿って……いきなりヒドイです！」

「だって、そうだろう。立ち上がることができないほど痛いのに、大丈夫だと言って我慢する必要がどこにある」

「それは、都筑かか……都筑さんに迷惑をかけたくないから……！」

呆れたようにため息をつく係長に、腹の底からふつふつと怒りがわき上がってくる。係長が冷徹だとは思っていたけど、人の気遣いがわからないとは思わなかった。

「俺に迷惑をかけたくないから、大丈夫だと言ったのか？」

「そうです。なのに、わたしのことを馬鹿だなんて……あんまりです」

仕事でミスをして言われるならともかく、〝サトウカオリ〟としては二時間前に初めて会ったというのに、あまりにも失礼だ。

怒りから震える声で訴えると、係長は小さくうなずいた。

「そうだな。冷静さを欠いていたとはいえ、馬鹿だと言ったことは悪かった。しかし、俺は迷惑だとは言っていない」

「……確かに、言ってませんけど」

「勝手に、俺が迷惑していると思いこまないでほしいものだな」

「お、思いこんだわけじゃなくて……」

ただ、迷惑をかけないように、先に帰ってもらおうと気を遣っただけだった。

しかし、係長はわたしの話を聞かず、周りを見渡して腰を上げた。

「いや、ここで話していても仕方ない。……少し歩けるか？」

「もちろんです」

本当は足が痛かったけれど、大丈夫だと言った手前、強がるしかない。

わたしが手すりを持ちながら立ち上がると、係長はわたしのもう片方の手を持って支えてくれた。

「歩けないようなら、ここにいてくれても構わない」

「歩けます！」

ついムキになって、強い口調で言い返してしまう。係長はひるんだように、支えてくれていた手を引っこめた。

「あ……すまない、言い方が悪かったかな」

「え？」

謝られて驚いてしまう。皮肉で「歩けないなら」なんて言われたのかと思った。

わたしが目を瞬かせていると、係長はあごに手を当て、しばらく言葉を選んでから口を開いた。

「……き、きみの怪我が心配なんだ。また転ぶと危ないから、無理はしなくていい。ゆっくり歩いて、コーヒーショップで待っていてくれ」

「あっ……都筑さ……」

それだけ言って、係長は入ったばかりの改札を出ていく。去り際に見た係長の耳は、少しだけ赤かった。

このまま帰ると思っていたのに、コーヒーショップで待っていて、なんてどういうことだろうか。

しかも、係長はどこへ行くのかも言わずに姿を消してしまった。

「い……意味わかんない……」

もう帰ってしまおうか。どうせ、今日限り会わないし……。

だけど、わたしを心配だと言ってくれた係長が気になる。それにまだ足も痛かったので、言われた通り、コーヒーショップで係長を待つことにした。

都筑係長に指定されたコーヒーショップは、改札を出た脇にある、チェーン店だった。店内は狭く、多くの人で溢れている。

満席かと思っていたが、奥のほうに空いているふたりがけのテーブルを見つけ、アイスコーヒーを注文して受け取ってから腰を下ろした。

パンプスを脱ぎ、足を休める。冷たいコーヒーを飲むと、ホッと肩の力が抜けた。

「係長、どこ行ったんだろう……」

コーヒーを飲みながらしばらく待ってみたけれど、係長は一向に姿を現さない。スマホに表示されている時計を見ると、あれから三十分経とうとしていた。

「待っていて」と言った係長が、先に帰るとは思えない。もしかすると奥の席だから、わたしがここに座っているのがわからないのかも。

椅子から腰を上げ、店の入口のほうへ目を凝らしていると……。

「あ、都筑さんっ」

係長が息を切らしながら現れた。

「悪い、随分と待たせてしまった」

何やらノートパソコンくらいの大きさで、厚みのあるデパートの紙袋と、コンビニのビニール袋を持っている。

係長はコーヒーを注文することなくわたしに歩み寄ると、その紙袋をズイと差し出してきた。

「先に言っておくが、女性の趣味はわからない」

「……は?」

「くわえて、きみとはまだ出会って数時間だから、余計にわからない」

「はぁ……」

「一応、きみの服装を伝えて女性の店員に選んでもらった。気に入らなければ帰って捨ててくれても構わない。開けてみてくれ」

「は、はい」

係長が何をしたいのか、何を言いたいのかわからず、とにかく言われた通りに紙袋を開けてみることにした。

中から出てきたのは四角くて白い箱。膝の上に置いてふたを取ると、キラキラと輝く大きめのビジューがついた、パステルピンクのミュールがあった。

「……これ」

取り出してみると、ヒールは一～二センチと低くて、甲に当たる部分もやわらかく、これなら足への負担がかかりにくそうだ。

「踵を痛めているなら、靴よりサンダルがいいと思ったんだ。サイズはわからなかったけど、これなら融通が利くだろう」

「あ……ありがとうございます」

突然消えたと思った係長は、駅に隣接しているデパートへ、わたしの靴を買いに行ってくれていたのだ。……しかも、息を切らして、急いで。

「あの、お金……っ」

「ああ、それとこれも買ってきた」

わたしがミュールのお金を払おうと、バッグから財布を取り出していると、それを遮るように係長がコンビニの袋を探る。

「気休めにはなるだろう」

そう言って取り出したのは、湿布と絆創膏《ばんそうこう》だった。

「わざわざ、そんな物まで……」

「早急に手当てをしておいたほうがいいと思って。ちょっと見せてもらえるかな」

「え……っ、あの……」

係長はその場に膝をついてしゃがみこむと、靴を脱いでいるわたしの足に触れた。

そして、捻って腫《は》れている足首と、靴擦れした踵をじっと見つめる。

係長に足を見られるなんて恥ずかしい……。手入れしていないし、夏だから汗ばんでいるし……。

それに、王子が姫にひざまずくような光景を、周りの人が不思議そうに見つめてくるのも恥ずかしかった。

「あの、都筑さん。周りの人たちが見ていますし……手当ては自分でできますから」

「きみは周りの目より、自分の症状を心配したほうがいいんじゃないか。……かなり、痛そうだ」

係長は顔をしかめ、湿布の箱を開けた。やはり、このまま係長が手当てをしてくれるらしい。

腫れて熱をもっている足首に、ひんやりとした湿布と係長の長い指先が触れた。くすぐったさに、思わず声が漏れそうになる。

「んっ……」

声を堪えようと下唇を噛んだけれど、結局小さな嬌声を洩らしてしまった。

「へ、変な声は出すなっ……手当てをしているんだから」

「す、すみません……っ」

怒気をはらんだ声に、肩をすくませて謝る。チラリと係長を見ると、耳が赤くなっていた。

「ふふ……」

「何がおかしい」

「あっ、ごめんなさい」

つい笑ってしまい、慌てて口を押さえる。もう一度見た係長の耳は、先ほどよりももっと赤くなっていた。

あの、冷徹そうで彫像のような係長が、息を切らしながらデパートへ駆けこんで、女性物の靴を買うなんて誰が想像できただろう。しかも怪我の手当てまでしてくれるなんて……。

今日一日で、何度も係長のイメージを覆《くつがえ》されている。

わたしが胸に高鳴るものを感じながら見つめていると、係長は手際よく足首に湿布を貼り、踵には絆創膏を貼ってくれた。

「怪我はこれでいいだろう」

「はい。本当に、ありがとうございます」

「次は、サンダルを貸してくれ」

「はっ、はい……」

手当ても終わったし、これで立ち上がるのかと思いきや、彼はまだ座りこんだまま、今度はわたしに手を差し出してきた。

戸惑いながらも手に持っていたミュールを渡すと、傷を気遣いながらそっと履かせてくれる。サイズは、わたしの足にピッタリだった。

男性からこんなふうに、大切そうに扱われたのは初めてで、わたしの胸はトクンと音をたてた。

……ど、どうしよう……都筑係長がかっこよく見える……。

いくら容姿がよくても、中身に問題があるから絶対好きになることはないと思っていたのに、これでは少し……心が惹かれてしまう。

「どうかな？」

「えっ……あ、はい？」

ぼうっとしながら係長を見つめていたので、急にたずねられてうろたえてしまう。わたしが聞き返すと、係長は嫌な顔ひとつせずたずね直してくれた。

「少しは楽になっただろうか？」

「はい、すごく楽になりました。しばらくここで休んでいれば、痛みも治まると思います」

「それならいいが、強がって無理はしないように」

「う……はい」

こういうところは、やっぱり係長だ。

「俺もコーヒーを買ってくる」

係長は立ち上がると、カウンターへ向かった。

まだ、一緒にいてくれるんだ……。

係長のシャンと伸びた背中を見ながら、その優しさを嬉しく感じる。

やがて、係長はアイスコーヒーを片手に持って、こちらへ戻ってきた。わたしの向かいに腰を下ろすと、ポロシャツの胸元を持ってパタパタとあおぐ。

「ここは人が多いからか、空調の効きが悪いな。会社の食堂みたいだ」

「ホント、そうですね」

「ん?」

「い、いえ……わたしの会社もそうなんですよ。あっ、それより都筑さん。靴と湿布などのお金を払いたいのですが、おいくらでした?」

つい、食堂のことに同意してしまい、焦りながら気になっていたお金のことに話を逸らす。すると、係長は耳を隠すように眼鏡に手を添え、少しうつむいた。

「お金はいい。……久しぶりに、いいものを見せてもらったからな」

「……いいもの? わたし、何か見せましたっけ?」

「きみはすべて言わないと理解できないのか? それとも、足にさほど価値を置いていないということか」

係長は呆れ果てたようにため息をついて、頭を抱えた。

だけど、そんなふうに呆れられても、わたしには何がなんだか、わからない。

足に価値って、どういう意味……？

考えながら自分の足を見る。

「ああっ、足ですか！　先ほど診てもらいましたもんね。もう、都筑係長が回りくどい言い方するから、いいものが何か考えたじゃないですか……って……あっ」

つ、都筑係長って呼んじゃった……！

ハッとして口を押さえるが、さすがにごまかしようがない。ついにバレてしまっただろうか……。

こわごわと上目で係長を見ると、目を丸くしてポカンと口を開けていた。

「あ……あの、すみません。つい都筑さんが上司に見えて〝係長〟なんて……いえ、都筑さんがわたしの上司であるわけはないんですけど。ついですね、つい……」

ひとりで言い訳をしながら、背中に嫌な汗が流れていくのを感じる。

係長はわたしをじっと見つめたまま、表情を変えない。これでは、わたしのことに気づいているのか、それとも別のことで放心しているのか、わからない。

ああ、もう……正直に話して謝ったほうがいいのかな。

そう思い、観念しかけた時……。

「クッ……」

「つ、都筑さん……？」

係長が肩を揺らし、クックッと笑いだした。

「いや、きみは面白いな」

「え？」

「自分が回りくどい言い方をすることはわかっているんだ。だけど、一也にしか注意されたことがなかった」

「そう……ですか」

係長の言葉を聞きながら、わたしはホッと胸を撫で下ろした。

よ、よかったぁ……！

どうやら、わたしが〝都筑係長〟と呼んだことは、会社で呼ばれ慣れているせいか、彼は気づかなかったらしい。

「まさか、今日会ったばかりの女性に注意をされるとは思わなかった」

「わたしだって、今日会ったばかりの男性に〝馬鹿〟って言われるとは思っていませんでした」

「そうだな。俺は恋愛する気がないと言ったり、きみは手当てしている俺のことを笑ったり、お互いに失礼なことが多かった」

係長はコーヒーをひと口飲んで、穏やかな微笑《ほほえ》みを浮かべる。初めて見るその表情に、不覚にもわたしは胸をつかれた。

や、やっぱり……これって、係長にときめいているってことなのかな……。

自覚しつつある感情に困惑していると、係長が眼鏡を押し上げて、こちらを向いた。

「きみは……カオリさんは、嘘がつけなさそうだな」

「え……？」

心地よい夢から叩き起こされたようだった。ときめいたばかりだというのに、一気に現実へ引き戻される。

『嘘がつけなさそう』……って、やっと呼んでくれたその名前も……嘘だというのに。

罪悪感が胸を突き刺す。わたしが何も言えずに固まっていると、係長はそれに構わず言葉を続けた。

「それに、変わっている」

「か、変わっているって……それ、いい意味なんですか？」

「もちろんだ。今までに出会ったことがないタイプの女性で、すごく新鮮なんだ」

「女性は猫をかぶるものだと思っていたし、言いたいことがあっても遠慮すると思っていたから」

「新鮮……？」

「……そう、ですか」

女性が猫をかぶるのは、きっと係長が男性として魅力的だから。

容姿はかっこいいし、少し話しただけでもわかるほど真面目で、スピード出世の噂がささやかれるほど仕事もできる。だから、周りの女性社員たちは彼を旦那様に……と考えて、ちょっとでもいい自分を見せたくなるのだろう。

「あ、カオリさんが図々しいと言いたいわけじゃないんだ」

「図々しいって……」

この人、やっぱり不器用な人だ。

クスリと笑うと、係長は「申し訳ない」と言って頭を下げた。

本当に謝らなくちゃいけないのは……わたしのほうなのに。

「それに、俺と長く一緒にいると、女性はあまり笑わなくなる。身体を強張らせるというか、緊張しているというか……。一也に言わせると、俺が難しい顔をしているかららしいんだが、自分ではよくわからない」

「都筑さん、黙っていたら怒っているように見えますから。ちょっと……威圧感もありますし」

真面目な性格が顔に現れているので、きっと係長のこんな素顔を知らない女性は、何かひとつ行動を取るにしてもビクビクしてしまうと思う。

図々しいと思われているなら、言いたいことを言ってしまおうと、半ばやけくそになって印象を伝えると、係長はまたおかしそうに笑った。

「らしいな。けど、無意識だからどうしようもない。それでも、カオリさんはそんなことを気にせず、楽しそうに笑うし、俺に怒りもする。新鮮だったんだよ」

どうやら、わたしを褒めてくれている。それに、自分では笑えないと思っているようだけど、コーヒーを飲む係長の口元も、先ほどからほころんだままだ。

「……都筑さんも、今は楽しそうな顔をしていますよ」

「なっ……そんなはずない」

係長は眉を寄せてムッと怖い表情になると、顔を背けて耳を隠した。

たとえ耳が見えなくても、そんな仕草をすれば照れているのがわかるというのに。

「都筑さん、せっかく笑えていたのにダメですよ。もっと肩の力を抜いて、寄せた眉は離して……。そうしたら、部下も楽しく仕事ができますし、わたしも……っと」

わたしも仕事がしやすい……なんて、危うく言ってしまうところだった。

間一髪で口をつぐむと、係長は怪訝な顔つきで、わたしを覗きこんできた。

「きみは透視ができるのか？」

「と、とうし？」

「部下が俺におびえていると、どうしてわかったんだ」

目の前にいる女が、同じ総務部の人間であることにはいまだに気づいていないのに、部下におびえられているということには気づいていたようだ。

しかも、わたし……自分の口から「部下がおびえている」なんて言ってないのに。

「そっ、それは、都筑さんの話を聞いていて思っただけです。わたしにも似たような上司がいますし」

慌てて取り繕うと、係長は納得したようにうなずいた。

「そうだ、俺に似た上司がいるんだったな。だからか……」

「はい。だから、都筑さんの職場での様子が想像ついたんです」

「いや、それもそうだけど……だから、俺みたいな愛想のないやつに慣れているのかと思って」

係長は自嘲気味に笑った。

愛想がない、冷徹そう――確かに、係長のことをずっとそう思っていた。だけど今は、もっと早くから彼のことをちゃんと見ればよかったと後悔している。

そうすれば、〝サトウカオリ〟としてではなく〝加藤詩織〟として、こうして向き合えていたかもしれないのだ。

それからしばらくすると、コーヒーショップの閉店時間となり、わたしと係長は店を出た。

閉店時間は二十三時。飲み会で二時間の我慢だと言っていたのに、コーヒーショップではふたりきりで三時間近く話していたなんて、信じられない。

「では、こっちのホームなので。本当に、ありがとうございました」

先ほど落ちかけた階段の前で立ち止まり、係長に頭を下げる。ホームへ向かって一歩踏み出すと、足が少しだけ重く感じた。

もしかして、係長と離れ難く思っているのだろうか。それでも、これ以上……関係を深めるわけにはいかない。

そう思い、足を進めていると。

「待ってくれないか」

「は、はい？」

背後から係長に呼び止められた。わたしが戸惑いながら振り返ると、彼は階段を下りてきた。その表情は、珍しく余裕を失っている。

「俺は……カオリさんに興味を持ってもらえないのかな？」

「興味？」

「俺と恋愛する気がないと言っていただろう。だから、連絡先も……教えてもらえないのだろうか」

「わ、わたしのですか？」

思わず自分を指さしてたずねると、係長は呆れたように息をついた。

「……きみ以外に誰がいる」

「だ、だって……わたしの連絡先なんて聞いて、どうするんですか？」

「もちろん、カオリさんと連絡を取りたいからだ。電話かメールをする」

「でも、どうしてわたしなんかと……」

「カオリさんが気になるからだ。それ以外に何の理由がいる。言っておくが、今は俺が回りくどいんじゃなくて、きみが鈍《にぶ》すぎるんだぞ」

「す、すみません……」

確かに、男性と一緒に食事をして連絡先を聞かれれば、相手が好意をもってくれていると思うかもしれない。だけど、今はその相手が都筑係長だ。

まさか……本当はわたしが〝加藤詩織〟だと気づいていて、あとで仕返ししようとしているんじゃないか……なんて、勘ぐってしまう。

「また、会えないだろうか」

「えぇっ⁉」

また会う⁉　係長と……サトウカオリとして……？

わたしがひっくり返りそうなほど驚いていると、係長は顔を曇らせた。

「ダメかな。まぁ……もともと二時間の辛抱だと思っていたし、俺も恋愛する気がないと言っていたし。無理なら構わない」

そう言って瞳を伏せる係長が寂しげに見える。まるで、雨の中に捨てられる子犬のようだ。

「いっ、いえ……無理というわけじゃなくて……っ」

係長のそんな顔を見ていられなくて、うっかり了承の返事とも取れることを口にしてしまう。彼から期待がにじむ瞳を向けられ、ハッと我に返った。

断らなければいけないはずなのに、どうして「無理じゃない」なんて、言ってしまったのか。

「そうじゃなくて……。し、失礼なことばかりしていたから、お誘いいただけるとは思っていなかったので。驚いてしまっただけなんです……」

言葉を続ければ続けるほど、言わなくちゃいけないことから遠ざかっていく。パァッと明るくなった係長の顔に、胸の奥が痛んだ。

「なんだ、そういうことか。なら、連絡先を教えてくれるかな？」

「はい……」

もう、うなずくしかなかった。

わたしの返事を聞いた係長は、ズボンの後ろポケットからスマホを取り出した。そして、黙々と画面を操作し始めたが、なかなかアドレス交換の準備が整わないようだ。

「あの、どうしました？」

どうもまごついているように思え、わたしは小首をかしげながらたずねた。

「スマホになってから誰とも交換したことがないから、やり方がわからないんだ」

「そうなんですね。わたしはこのアプリを使ってるんですが、すごく簡単なんですよ」

わたしは係長に同じアプリを取ってもらうため、スマホの画面を見せた。彼もそれを覗きこみ、アプリの検索を始める。

「へぇ……これはどういったアプリなんだ？」

「交換したい人とスマホを軽く当て合うだけで、あらかじめ登録しておいた情報が相手に送られ……」

そこまで言い、自分の情報をそのまま彼に送るのはまずいと気づく。すでに自分が取っているアプリには〝加藤詩織〟で情報を登録していた。ダウンロードしている別のアプリにもすでに情報は登録済みだし、今さら操作して変更するのは不自然。別のアプリをダウンロードするのは、使っているものを見せたあとなので、もっと不自然な気がする。

わたしは慌ててスマホを引っこめると、バッグから手帳とペンを取り出した。

「で、でもやっぱり……アプリは最初の設定に手間がかかりますね。わたし、紙とペンを持っているので書きますよ」

係長はまだアプリを探してくれていたが、わたしは手帳のメモページをちぎり、素早く電話番号とメールアドレスを書いた。アドレスには〝shiori〟と入っていたけれど、あだ名ということになっているし、問題はないだろう。

書いた紙を渡すと、係長はすんなりと受け取ってくれた。

「ありがとう。帰ったらメールを送るよ」

「はい。では……おやすみなさい」

電車の到着を知らせるアナウンスが聞こえてくる。

わたしは係長に頭を下げると、今度は転ばないように気をつけながら階段を下りて、電車へ乗りこんだ。

空いていた座席を見つけて腰を下ろすと、身体の底からどっと疲れが出た。

あの都筑係長とプライベートでつながってしまった……しかも〝サトウカオリ〟という別人として。

これから、どうしたらいいんだろう……。

先のことを考えると、家に帰ってからも何も手につかず、明け方まで寝つけなかった。

二章：二度目の嘘

都筑係長からのメールは、日曜日の朝に来た。

女性にどんなメールを送るのかとドキドキしていたけど、自分の名前と連絡先だけを書いたシンプルなものだった。おそらくいろいろと考えて、余計な文面を削除した結果なのだと思う。

「気まずいなぁ……」

月曜日。出勤前にもう一度、係長から送られてきたメールを見て、これから彼と会うのだと思うと、気が重くなった。このメールを見た時は、あまりにも係長らしくてクスリと笑ったけれど、今はそんな心の余裕はない。

「でも、係長はわたしのことに気づいてないし……普通にしていればいいんだよね」

自分に言い聞かせると、黒縁眼鏡にほぼスッピンという〝加藤詩織〟のスタイルで会社へ向かった。

オフィス街にそびえ立つ二十階建ての自社ビル。ガラス張りの正面玄関を入り、始業の二十分前に出勤すると、七十人が働く事務室には半分ほどの人がいた。その中に背筋が伸びた係長の姿を見つける。

すでに仕事を始めているようで、パソコンの画面に目を凝らし、忙しなくキーボードを打っていた。給料日が近いから、仕事がたてこんでいるのだろう。

「お、おはようございます」

気まずさと嘘をついた後ろめたさから、係長に気づかれないように身体を小さく屈めながら席に着いた。しかし、そんなわたしを係長はしっかりと見ていたらしい。

「加藤さん、ちょっと」

「は、はいっ！」

係長に呼ばれ、口から心臓が飛び出そうになる。わたしは上擦った声で返事をすると、恐る恐る彼の元へ向かった。

ま、まさか……やっぱりバレたんじゃ……。

おびえながら係長の隣に立つと、見上げられる形で目が合った。土曜日のことを思い出し、思わず胸が高鳴る。

「さっき武田さんから電話があって、体調が悪いから今日は休むそうだ。総務課に誰もいなかったので代わりに受けておいた」

「あ……た、武田さん……」

なんだ……バレたわけじゃなかったんだ。

「知っていたのか？」

わたしが曖昧な返事をしたからか、係長は訝《いぶか》しげにたずねてきた。

「い、いいえ。ありがとうございます」

わたしは頭を下げると、足早に自分の席へ戻った。

よかった……バレてない！

ホッと肩の力が抜けていく。これから仕事が始まるというのに、もう、ひと仕事終えた気分だった。


今朝はお弁当を作ることもできないほど、バレないか気が気じゃなかったけど、昼休みに入るころには、すっかりいつも通りに仕事をこなせていた。

「詩織、土曜日はどうだったの？」

蒸し暑い食堂で、日替わり定食のエビフライをつついていると、向かいに座った美穂が目をキラキラと輝かせながらたずねてきた。

「あ……うん、なんて言ったらいいか……」

わたしがどう説明しようかと考えていると、美穂は箸を置いて小首をかしげる。

「どうしたの、タイプじゃなかった？」

「タイプじゃないっていうわけじゃないんだけど……」

「じゃあ、性格が悪いとか？　それとも、無職だったとか？」

「ううん。性格も不器用だけどいい人で、ちゃんと仕事もしてるんだけど……」

「なら、何がダメだったの？　もったいぶらずに、ちゃんと教えてよ」

「うーん……それがね」

前のめりになって聞いてくる美穂に、一から話そうとした時。

「……あっ」

食堂の入口に係長の姿を見つけた。注文する列の最後尾に並び、カウンターの上部に貼られているメニューを確認している。

「ねぇ……都筑係長って、前から食堂で食べる人だったっけ？」

コーヒーを飲んでいる時に、食堂の空調の話が出た。今まで見かけたことがなかったけれど、ただ気づかなかっただけだろうか。

わたしの疑問に、美穂は振り返って注文カウンターのほうを確認する。

「え、係長？　ああ……来てるんだ。結構利用してるって、前に武田さんが言ってた」

「武田さんが？」

「武田さんって一時期、都筑係長のこと狙ってたみたいよ。でも、係長が全然なびかないから諦めたんだって。今は営業部の部長代理を狙ってるみたいだけど」

「へぇ……」

美穂の話を聞きながら、目は係長を追っていた。

食堂のおばちゃんから受け取ったおぼんには、エビフライが三本のっている。

「……一緒だ」

「何が？」

「う、ううん！　なんでもないっ」

三種類ある日替わり定食で、わたしと同じエビフライを注文していた……なんて、美穂に報告したところでどうなるというのか。

しかも……同じ物を食べているからって、なんで嬉しくなってるの。

たったそれだけのことで弾む気持ちが信じられず、うつむいて係長から視線を逸らしてみる。けれど、顔を上げるとやっぱり彼の姿を探していた。

「……あれ？　係長って、営業部の部長と仲がいいんだ」

係長が窓際の席に座っていると、恰幅《かっぷく》のいい営業部の部長が、親しげに話しかけながら、隣の席に腰を下ろしていた。

「うん、入社してから三年間は営業部だったらしいから、かわいがってもらったんじゃないの？　あ、これも武田さん情報ね。わたしは係長に興味ないから」

「入社してから三年間……」

ということは、経理課にやってきたのは五年前——。

『まだ五年前のこと、引きずってんのか？』

一也さんが言っていた言葉が浮かぶ。ちょうどそのころに、何かあったのだ。

「ていうか、係長のことより詩織のことでしょ。結局、どんな人だったの？」

「それが……か、係長だったの……」

「ああ、係長みたいな人だったってこと？」

「違うの。係長……本人だったの」

「え、えぇっ……!?」

美穂は目を大きく見開いて、悲鳴のような声を上げる。わたしは自分の変装のことから係長とホームで別れるまで、すべてを彼女に話すことにした。

「へぇ……あの係長とねぇ。だから、さっき係長のこと見てたんだ。もしかして、惚れちゃったの？」

「そ、そうじゃないけど。ただ、ちょっと見直したっていうか……」

「うん、わたしも詩織から話を聞いただけだけど、係長を見る目が変わりそうだなぁ」

話し終えると、美穂は驚きながらも、どこか楽しそうだった。

美穂の係長を見る目がいい方向に変わるのは嬉しい。だけど、自分だけが知っている係長を共有したと思うと、少しだけ複雑な気持ちだった。


事務室に戻ると、午後からの仕事も順調に進んだ。武田さんから仕事を押しつけられないと、こんなにもスムーズなのだと感じる。今日は、定時には帰れそうだ。

あとは、この書類を片づけて、課長に提出して……。

デスクに置いた書類を見ながら、定時までに仕上げる業務の流れを考えていると、都筑係長がわたしのほうへやってきた。

「加藤さん、給与の計算書はまだか?」

「給与の計算書……ですか」

毎月の給与は、計算書を総務課で作成し、振り込みを経理課で行っている。計算書はソフトを使って作成しているが、社員が多いため膨大な量となり、保険などの細かい変動もあってひとりでは手に負えないので、いつもわたしと武田さんのふたりで作成していた。

今日の午前中がタイムリミットだったので、わたしは金曜日には作り終えて武田さんに渡していたし、すでに総務課長のチェックを経て、経理課に渡っているとばかり思っていた。

「経理課にありませんか？」

「経理課にないから、総務課に聞いているんだが。ちなみに、総務課長は受け取っていないと言っている」

「でも、そんなはずは……」

「そんなはずはない、というのは仮定だろう？　きちんと、どうなっているのか調べてから教えてくれ」

係長は、怒りも失望もない、きわめて冷静な声でそう言うと、自席へ戻っていった。

「調べてくれって……武田さんのデスクを？」

隣の席をじっと見つめる。個人のデスクは鍵をかけて帰るので、課長が課内のデスクのマスターキーを持つこととなっていた。

「武田さん……失礼しますよぉ……」

総務課長からマスターキーを借りて、デスクのキャビネットを開ける。人のデスクをあさるのは気が引けたけれど、やむを得ない。それに、計算書が出てきたら一件落着だ。

「あ、都筑係長。計算書、ありました」

最初に開けたキャビネットの引き出しに、運よく計算書があった。束になったそれを取り出し、経理課で座っている係長に見せる。

「それは、完成しているんだろうな」

「えっと……ま、まだみたいです」

「こういう時は完成しているかどうか、確認してから教えてくれ」

「……すみません」

せっかく計算書があって、嬉しかったのに……。

確認をせずに声をかけたのは悪かったと思うけれど、もっと優しく言ってくれてもいいのに。

苛立ちと悔しさで奥歯を噛みしめていると、それに追い討ちをかけるように、係長が口を開いた。

「給料という、全社員に関わる大事なことだ。遅れは許されないから、できるだけ、今日中に仕上げてくれ」

「わ、わかりました！」

なんで、わたしばかりが怒られなくちゃいけないのよ。絶対、定時までに仕上げてやる！

わたしは半ば投げやりに返事をして、意気込みながらデスクに向かった。


当初の予測では、意気込み通り、定時までに仕上げられるはずだった。

だけど、まだ残っていた自分の仕事を片づけたり、他の人からも仕事を頼まれたりしているうちに、気がつけば定時を一時間過ぎていた。それでもまだ、計算書はできあがっていない。

なぜか今回に限って、退職者や引っ越しをした人がいて、通常とは違う計算をしなくてはいけないことが多かったのだ。

もしかして武田さん……こうなることがわかっていて、今日休んだんじゃ……。それなら金曜日に、別の仕事じゃなくて、こっちを渡してくれればよかったのに。

本当に体調不良かもしれないのに、これまで仕事を押しつけられてきた経験から、つい疑ってしまう。一刻でも早く計算書を仕上げようと手を進めていると、帰り支度を整えた総務課長がこちらに歩み寄ってきた。

「加藤さん。悪いんだけど……今日はちょっと帰らなくちゃいけなくて」

「え……でも、課長が帰られたら、誰にチェックをもらえばいいんですか？」

「今回はイレギュラーということで、都筑くんにお願いしているから。彼なら細かく見てくれるだろうし」

「わかりました……お疲れさまです」

規則や態度がゆるいとは思っていたけど、ここまで無責任だなんて。……まぁ、都筑係長のほうが頼りになるけれど。

呆れながら、事務室から出ていく課長を見送っていると。

「まだできないのか？」

向かいの経理課から、係長の声が飛んできた。責めているような口調に、疲れてだれていた身体がピリリと引き締まる。

「す、すみません。もう少しで……」

「今日はもういいから、きみも帰ったらどうだ。明日、武田さんが出勤したら、彼女にしてもらう」

「なっ……わ、わたしにもできます！　ちゃんと今日中に仕上げますから」

突っぱねるような言い方に、わたしにはできないと言われているような気がして、ムキになって言い返してしまう。そもそも「遅れは許されない」、「今日中に仕上げてくれ」と言ったのは係長だ。

「無理はしなくていい」

「無理じゃありませんっ」

わたしが係長に構わず計算書の作成に取りかかると、彼はそれ以上何も言わなかった。

それから一時間もかからずに計算書を仕上げた。

「できました」

都筑係長の元へ持っていくと、彼は表情を少しも変えずにそれを受け取る。

「……山田《やまだ》さんの退職金は計算できているのか？」

「もちろんです」

「企画部の三宅《みやけ》さんと、システム部の笠井《かさい》さん、引っ越しをして通勤手当が変わったそうだが」

「知っています」

「人事部の橋本《はしもと》さんは、振り込み先を今回から変更している」

「あっ……」

計算のことばかり気にしていたので、すっかり忘れていた。

「すぐに直します」

「いい。主に経理で必要なことだ。こちらで直す」

「……すみません」

悔しい。完璧にして係長に渡したかったのに。

今日中に仕上げても係長が驚くとは思わなかったけれど、せめてねぎらいの言葉をもらえたら……なんて考えていた。だけど、ミスをしてしまっては無理だろう。

「金銭に関わることは遅れもミスも許されない。しかも給料なんて、みんな過敏に反応する。落ちついた環境で作業しなくてはいけないものだ」

「……はい」

結局、今日中に仕上げたって怒るんだ。

しかも、疲れている時に怒られると、普段よりも数倍へこむし、腹立たしくも感じる。わたしがふてくされた気持ちでいると、係長は咳払いをひとつした。

「その……言い方が、悪かったかな？」

「……へ？」

「できるだけ今日中に……と言ったはずなんだが」

「だから、今日中に仕上げましたけど？」

「いや、違うんだ。無理をしてまで、必ず今日中に仕上げてほしいとは言っていない」

「え……じゃあ、明日でもよかったんですか？」

わたしが目を丸くして聞き返すと、係長は困ったような顔をして、グイと眼鏡のブリッジを上げた。

「そう言ったつもりだったんだが、俺の言い方が悪くて、うまく伝わらなかったようだな。加藤さんは最近残業が多いようだから、できるだけ早く帰ってもらいたかったんだ。今日中にできなくても、経理課のほうでなんとかするつもりだった」

「そ……そうだったんですね」

わたしがついムキになってしまったからいけなかったんだ……。

係長が不器用な人だと知っていたはずなのに、彼が気遣ってくれていることが全くわからなかった。わたしが茫然《ぼうぜん》としたまま立っていると、係長は首裏に手を回し、苦い顔をした。

「しかし、こんなことを言っては、せっかくきみが計算書を仕上げてくれたのに、無駄なことをしたと言っているみたいだな。決して、そう言いたいわけじゃないんだけど……やっぱり、うまく言えないな……」

「都筑さ……っ」

考えあぐねている姿が、土曜日に〝カオリ〟と接している時の係長と重なり、うっかり「都筑さん」と呼びそうになる。わたしは慌てて口をつぐんだ。

本当は「ご苦労さま」って言ってもらえるだけで、充分なんだけどな……。

そう言いたいけれど、今までのわたしは係長にビクビクしていて、そんなことを言うキャラじゃない。それに〝カオリ〟じゃないか、と疑われそうな気がしてやめた。

「都筑係長……ちゃんと、係長のおっしゃりたいことは伝わりましたから。それでは、お先に失礼します」

「はい？」

そう言って頭を下げ、帰り支度を整えるため自席に戻る。バッグを持って事務室を出ていこうとするのを「あ、あの……加藤さんっ」と、係長に引き止められた。

「……お疲れさま」

まだ何かあるのだろうか。係長のほうを振り返ると、彼は眼鏡の端をいじりながらうつむいている。その姿には見覚えがあった。

「え？」

「その……加藤さんがいてくれて、助かったよ」

係長は言い終えると、すぐに背中を向けてしまった。身体を反転させる瞬間に見えた耳は、赤く染まっていた。

もしかして係長は、頑張ってわたしに気持ちを伝えてくれているのだろうか。

「いっ……いえ、お疲れさまでした」

思わぬ係長からの言葉に、動揺で声が上擦る。

事務室を出てからも、心臓はしばらく、爆発しているかのようにバクバクと鳴っていた。

「あー……係長って、心臓に悪い」

わたしは、住んでいるワンルームマンションで、食後のコーヒーを飲みながら、帰りがけのことを思い出していた。

今まで「お疲れさま」はともかく、「助かった」なんて言われたことがなかったのに。どういう心境の変化だろうか。おかげで動揺していまい、更衣室では服のボタンをかけ違えるし、最寄り駅では、また階段から落ちそうになった。

そんなことを考えていると、ローテーブルに置いていたスマホがメールの受信を告げた。

わたしが係長から怒られている最中、美穂からの視線を感じていた。昼休みにした話が本当なのか、疑問に思っていたのかもしれない。

「って、……つ、都筑係長……？」

美穂だと思ってスマホを操作すると、そこに表示された名前は都筑係長だった。やっと落ちついたはずの心臓が、また大きく脈打ちだす。

日曜日に連絡先を教えてもらってから、簡単なお礼のメールをしただけだった。

誰に見られているわけでもないのに、わたしはその場に正座して、メールを開いた。

【うまくしゃべるには、どうしたらいいだろうか？】

「……え、それだけ？」

何が書かれているのだろうかと身構えていたのに。

たった一文しか書かれていないメールを、何度も見直したり、受信ボックスを更新したりしてみるが、係長からのメールは、やっぱりそれだけだった。

おそらく、今日のわたしとのやり取りのことを言いたいのだろう。

【どうかしましたか？】

事情は何もかも知っているけれど、こちらから言うわけにはいかない。

「美穂かな……？」

「……あれ、返信が来ない」

たずねればすべて向こうから話してくれるだろう、とメールを返したが、係長からの返信はすぐには来ず、届いたのはマグカップのコーヒーを一杯飲み干したころだった。

【お疲れさまと言ったら、部下が逃げるように帰った。何か、間違ったのだろうか】

……部下っていうのは……わたしのこと、だよね？

「に、逃げるように……って……気にしてたんだ」

確かに、動揺していたのでアタフタしながら事務室を出た。だけど、挨拶もしたし、逃げているつもりはなかった。

わたしが帰ったあと、係長は誰もいなくなった事務室で、そんなことをひとり悩んでいたのだろうか。

「なんか、申し訳ないことしちゃったな……」

わたしはコーヒーをもう一杯淹《い》れると、メールの文面を考えることにした。

逃げたわけじゃないとフォローしたいけど、詳しく状況が書かれていないので、〝カオリ〟としては余計なことを言えない。

「えーっと……『いつも言わないようなことを言ったんじゃないですか？　それで

きっと、部下の人は驚いたんですよ』……っと。こんな感じかな」

メールを作成し終えたあと、何度か読み直してから送信する。係長からの返信は、二杯目のコーヒーを飲み終えたころに届いた。

【それなら心当たりがある。最後に余計なことを言ってしまった】

係長が言っている余計なこととは「助かった」と言ったことだろう。わたしもそのひと言で、思いきり動揺してしまったのだ。

メールの文面は、まだ続いていた。

【今日は、カオリさんに言われた通り、言葉に気をつけてみたんだが難しいな。それでも、言いたいことは少し伝わったみたいだった】

不思議に思っていた係長の心境の変化は、〝カオリ〟に注意されたからだったようだ。自分の言葉で、誰かが変わろうとしてくれる。

思ってもみなかったことに、嬉しさで胸がじわりと温かくなった。

「なんて返信しよう……それはよかったですね、かな……」

メールの返信を考えていると、画面の上部に新着メールの受信が表示された。

「あれ？　また、係長だ。まだ返信してないのに」

送り主は都筑係長だった。

書き忘れたことでもあったのだろうか、とメールを開くと。

【きみのおかげだ、ありがとう】

その一文だけがあった。

「……ず、ずるい。係長……」

係長は照れながらも、頑張ってこの一文を送ってくれたのだと思う。でも、その無自覚さが、わたしの心を乱しているなんて、きっと気づいていないだろう。

結局、わたしの心臓はベッドに入ってからも、なかなか落ちつくことはなかった。


次の日。目の下にクマを作りながら出勤すると、隣の席の武田さんは元気いっぱいで同僚と話をしていた。

「おはようございます」

わたしが席に着くと、武田さんは話をやめて、こちらに申し訳なさそうな顔を向けてきた。

「おはよう、加藤さん。昨日はごめんね、給与計算が残っていたんでしょう。デスクを見たら計算書がなくなっていて、ビックリしちゃった。ありがとう」

「いえ……お元気になられたみたいで、よかったです」

本当に武田さんの体調が悪かったのかどうかはわからないけれど、昨日は寝つくまで都筑係長のことで頭がいっぱいだったので、彼女に対する腹立たしさは薄れていた。

かわいかったな……耳を赤くしている、都筑係長。

昨日の帰りのことを思い出し、ひとりでニヤついてしまう。すると、係長がこちらに歩み寄ってきた。

まさか、何をニヤニヤしているんだ……とか、注意されるのかな。

わたしは慌てて口元を引き締めたが、係長は武田さんの横で足を止めた。

「武田さん、もう体調はいいのか？」

「はっ、はい、元気になりました。ありがとうございます」

係長の言葉に、武田さんは驚きながらも、嬉しそうに顔をほころばせた。

……都筑係長が、武田さんの体調を気遣っている。

今まで部下が休んでも、気遣っている姿を見たことがなかった。しかも、今回は同じ総務部とはいえ、課が違う。

なのに、なんで武田さんを……。

喜んでいる武田さんとは対照的に、わたしの気持ちは落ちこんでいく。しかし。

「体調が戻ったならよかった。武田さんが休んでいた時の仕事は、加藤さんがすべてしてくれたから、彼女にお礼を言うように」

「……っ、都筑係長？」

係長はそれだけ言うと、自分の席に戻って仕事を始めた。

残された武田さんは目を瞬かせ、不思議そうに首を捻る。

「都筑係長って、何かあったの？　性格、変わったみたいだけど」

「さ、さぁ……どうしたんでしょうね」

わたしは再びニヤついてしまいそうな口元を、しっかりと引き締めたのだった。


今日はいい一日だった。

都筑係長のひと言が効いたのか、武田さんから仕事を押しつけられなかったし、自分の仕事もスムーズに終えて、定時に帰ることができた。

「係長に、ちゃんとお礼を言えばよかったなぁ」

わたしの仕事ぶりを認めてくれたうえに、武田さんにまで言ってくれた。なのに、あまりの嬉しさからお礼を言い忘れてしまった。これでは、たとえ〝カオリ〟としてでも、「言い方が悪い」「言葉が足りない」と、係長に注意ができた立場ではない。

でも、明日お礼を言うのも変だしなぁ……また何か褒めてもらった時に言えたらいいけど、もう一度褒めてもらえる自信はないし……。

唯一、係長とつながっているスマホを見つめながら、どうしたものかと思いあぐねる。すると、画面がメールの受信中に切り替わった。

ま、まさか……！

淡い期待に胸が跳ね、わたしは届いたばかりのメールを開いた。

【お疲れさま。その後、カオリさんは上司とうまくやっているのか？】

メールは係長からだった。

待っている間にメールが届くなんて、タイミングがよすぎる……。

思わず覗かれているんじゃないかと部屋を見渡すが、そんなはずはないと思い直し、返事を打ちこむことにした。

【はい。厳しいはずの上司が昨日から優しいんです。しかも、今日はわたしの仕事ぶりを認めてくれたんですよ。こんなこと初めてだから、すごく嬉しかったです】

メールを送信し、係長が「そういえば俺も同じようなことをしたし、彼女に感謝されているのかな」なんて、気づいてくれたらいいな、と思う。

少し時間が経ってから、係長からの返信が届いた。

【その上司は、本当に俺と似ているのか？　俺は全く優しくなれそうもない。どうやっ

たら優しくなれるのか、教えてほしいものだな】
教えてほしいって……係長、わたしに優しくしたつもりはなかったんだ。
これでは、わたしが感謝していることは、気づいてもらえそうもない。
仕事はできるのに、鈍感な係長が微笑ましくて、わたしはひとりで小さく笑った。

それから一週間が経った。

その間、都筑係長から〝カオリ〟にメールはなく、仕事も係長と関わることがなくて、彼の変化を感じる機会がなかった。けれど、美穂の愚痴が減ってきているので、彼なりに何か気をつけているのかもしれない。

わたしは仕事から帰り、そんなことを考えながら夜ご飯を作っていた。

作るといっても、パスタを茹でて市販のソースにあえるだけの簡単なもの。サラダはミニトマトとレタスをちぎっただけだ。ひとりだと作る気がしないし、いろんな食材を揃えていたら、せっかく自炊をしても節約にならない。

「武田さんより働いているんだから、お給料上げてほしいよ」

ひとりで嘆《なげ》きながら、できたてのクリームパスタをローテーブルへ運ぶ。すると、テーブルに置いていたスマホに一件の新着メールが届いていた。

受信ボックスで送り主の名前を確認し、手からスマホが落ちそうになった。

「つ……都筑係長」

送り主は、都筑係長だった。久しぶりのメールに、胸を打つ鼓動が速くなる。

また、言い方が悪かったのかも……と、悩んでいるのだろうか。でも、今日は誰かを怒っていた様子もなかったし、ただ淡々と仕事をこなしているように見えたのに。

もしかして……。

わたしは、ある予感が頭をよぎり、緊張で強張る喉をゴクリと鳴らしてから、メールの本文を開いた。

【明日の夜、一緒にご飯でもどうだろうか?】

や、やっぱり……ご飯のお誘い!

水曜日は会社で「NO残業デー」と命名されており、極力残業はしないように呼びかけられている。いつも忙しそうな係長も、急ぎの仕事がない時は、必ず定時に帰っていた。

「こ、断ろう」

連絡先を聞かれた時「また会いたい」と言われていたので、いつか誘われるかもしれないと覚悟はしていた。

しかし、また〝カオリ〟に変装しなくてはならないし、係長を騙すことになるので、できれば話が流れてしまわないかと願っていた。

それに、会って食事をし、もし係長といい雰囲気になれたとしても、わたしが〝カオリ〟のままでは、未来が望めないことはわかりきっている。

【ごめんなさい。予定があります】

メールを作成し、嘘をつかなければいけないことに胸が痛む。

本当は、一緒にご飯へ行って、もっと係長と話がしてみたい……。

決心が揺らぐのが怖くて、勢いよく送信ボタンを押す。画面に表示された「送信完了」の文字を見て、かきこむように食べたパスタは、何も味がしなかった。

係長の返事は、食べ終えて食器の片づけをしたあとも、届いていなかった。

もちろん、このまま返信が来なくても不思議ではないし、連絡が途絶えたほうが、これ以上嘘をつかなくていいので、楽だとわかっている。

……なのに、妙に気になる。

係長が傷ついていないか心配だし、返信が来ないことを寂しいと感じている自分もいる。

わたしはしばらく、スマホを目の前のローテーブルに置いたまま、テレビを見ることにした。けれど、テレビよりもそっちのほうへ意識がいってしまい、バラエティは笑えないし、チャンネルを変えて音楽番組にしても耳を素通りしていくばかり。

そろそろお風呂にでも入ろうかと腰を上げた時、スマホがメールを受信した。

【予定があるなら残念だ。では、木曜日はどうだろうか？】

その日も、何も予定はないけど……ダメなんです……。

思ったよりも積極的な係長に驚き、申し訳ないと思いながらメールを打つ。

【その日も予定があります】

係長からは、五分後に返信があった。

【そうか。なら、金曜日はどうだろう？】

なおも食いついてくる係長に、胸の奥が熱くなり、同時に罪悪感で焼けつきそうなほど痛くなった。

【その日も予定があります。すみません】

こんなに予定が入っているなら、遊んでいると思われるかもしれない。それとも、他に男がいると怪しむだろうか。

【忙しいようだな。身体を壊さないように】

十分後に届いたメールは、わたしを気遣ってくれていた。

これでいいんだ、これで。

断ったことは正しいと思うのに、心はスッキリとしない。なかなかお風呂へ入る気になれず、テレビの前で座りこんでいた。

一時間くらい何も頭に入らない状態でテレビを見たあと、お風呂へ入り、寝る準備を整える。電気を消してベッドへ入ると、枕元に置いたスマホがメールを受信して光りだした。

係長かな……でも、断って感じ悪く思われているだろうし、さすがに違うよね。

期待したあとに落ちこむのが嫌で、高揚する自分を抑えながら、メールを開く……と。

「……っ、都筑係長だ……！　ホントに⁉」

信じられなくて、電気をつけて確認しても、係長からのメールで間違いなかった。

【度々のメールですまない。やっぱりきみに会いたいんだ。土曜日はどうだろうか？昼間だけでも、夜だけでも構わない】

「昼間だけでも夜だけでも構わない、って……」

そう言ってくれる係長の譲歩と、ためらいもなく「会いたい」と言われたことに、泣いてしまいそうなほど嬉しくなる。

わたしだって、会いたい……。

その言葉を飲みこんで、断りのメールを作成する。しかし、送信することができず、気がついたら削除のボタンを押していた。

い、一回くらいならご飯に行ってもいいよね……。バレなきゃ問題ないし、それにミュールを買ってもらったお礼だってしてないし。

「うん、そうだ！　お礼をしなくちゃ」

係長に会うための理由を見つけ、メールを作成し直す。

【土曜日は、一日空いています。よかったら、この間のお礼をさせてください】

これなら、わたしも会いたいから……とは思われないはず。うん、大丈夫。

ひとりで納得し、送信ボタンを押した。

断る時より、随分と気持ちが軽いことに気づく。それどころか、胸がワクワクして弾んでいる。

これじゃあ、今日も寝られないかも。

口元がほころぶのを感じながらベッドへ入り直し天井を見上げた。きっと係長の返信はもう少し時間がかかるだろう。その予想通り、メールは十分後に届いた。

【お礼とはサンダルのことかな？　それなら気にしなくていいから。また連絡する。誘いを受けてくれて、ありがとう】

「こちらこそ、ありがとうございます……っと。あ、麻子にメイクを頼まないと」

係長に返信し、土曜日にまた〝カオリ〟になることを考えて、麻子にもメールを送った。

土曜日は何を着ていこう。せっかくだから係長からもらったミュールを履きたい。この前、麻子と買い物をした時に薄ピンク色をしたシフォンのワンピースも買ったし。それなら合うかな……。

わたしは係長の隣に並ぶ自分を想像しながら、ゆっくりと目を閉じた。

次の日の昼休み。スマホを確認すると、麻子からメールが届いていた。

【また都筑さんと会うの？　バレる前にやめたほうがいいと思うけど】

そんなこと、わたしだってわかっている。だけど、そのうえで係長と会おうとしているから、麻子に頼んでいるのだ。

【ミュールのお礼をするだけだから。土曜日に予約取りたいんだけど、空いてる時間ある？】

麻子にも、ミュールを買ってもらい、怪我の手当てをしてもらったことはメールで報告している。その時に彼女は「何かお返しができたらいいのにね」と言っていたので、きっと反対はしないはず。この前は休みを取ってもらったけど、頻繁《ひんぱん》に土曜日にお休みは取れないだろうから、今回は麻子が勤める美容院にお邪魔しようと思っていた。

麻子からの返事は来なかったので、また帰ってから確認しようと思い、美穂と一緒にご飯を食べ終えて食堂をあとにした。

今日は「NO残業デー」だし、定時に帰れると思っていた。なのに、なぜかわたしは定時を一時間過ぎてもパソコンの前で仕事をしていた。

武田さんから仕事を渡されたというのもあるけれど、自分もミスをしてしまい、しかもそれが明日までに仕上げなくちゃいけないものだった。

ひとりで残るのって……結構寂しい……。

誰もいなくなり、静まり返った事務室を見る。

鍵に関しては、警備会社の人が管理してくれているので気にする必要がなく、部長や総務課長は「ご苦労さま」とだけ言って、帰ってしまった。いつもなら都筑係長が残ることが多いけど、今日は水曜日だし、残業してまで片づける仕事がないのか、定時には席を立っていた。

ちょっと息抜きでも……。

少し集中力が切れてきたので、バッグからスマホを取り出し、麻子から返事がきていないか確認する。店が忙しいのか、返信はなかった。そのままデスクにスマホを置き、仕事を再開した。

あと、少しで終わるかな……。

仕事の終わりが見えてきた時、事務室のドアが開いた。

「お疲れさまです……あ、加藤さん」

誰が来たのかと声のほうを見ると、営業部の新入社員である、上川出流《かみかわいずる》くんがドアの隙間から顔を覗かせていた。わたしと目が合うと、大きな瞳を細め、ふっくらとした唇をほころばせた。

「よかった、残っているのが加藤さんで」

耳にかかるくらいに伸びた黒髪を揺らし、嬉しそうな顔でこちらに駆け寄ってくる。ストライプの半袖シャツをまとった痩身《そうしん》は、蒸し暑い真夏の夜だというのに、涼しい初夏のような爽やかさを醸し出していた。

「上川くん、どうしたの？」

わたしが小首をかしげてたずねると、上川くんは顔の前で両手を合わせた。

「すみません、実は加藤さんにお願いがあって」

「わたしに？」

「はい。今、外回りから戻ってきたんですけど、ちょうど名刺が切れちゃったんです。明日も新規のところを回るので、昼までにどうにかならないかなぁ……と」

上川くんは歯切れ悪く言うと、両手を合わせたまま、上目遣いでわたしを見てきた。

名刺は業者に注文してから早くても二日はかかる。いつも、残り少なくなったら早目に総務課へ言うよう、総務部長が営業部へ注意をしていた。そのことを、上川くんは承知のうえで頼んできているらしい。

「前に先輩が名刺を切らした時、総務課の人に市販の名刺用紙で作ってもらったと言っていて……それを、加藤さんにお願いしてもいいですか？」

瞳が心なしか潤んでいるように見え、形のいい眉は八の字に下がっている。

そんな顔されて、断れるわけないよ……。

「いいけど、次からは気をつけてね」

「わかりました。でも、加藤さんがいてくれてホントによかった」

わたしの返事を聞いた上川くんは大きく息をついた。

「大袈裟だなぁ……わたしじゃなくても、他の人も作ってくれたと思うよ」

何せ、上川くんのお願いだから。いくら年上しか狙っていない武田さんでも、彼に上目遣いで見つめられたら、何でも言うことを聞いてしまうはず。

「いえいえ、先輩が総務課の人に頼んだ時は嫌な顔をされたらしくって。でも、加藤さんは優しいから、そんなことないと思ったんです」

「優しいって……どうして……あっ」

確信を持っているように「優しい」と言ってくれる上川くんに、その理由をたずねようとしたら、デスクに置いていたスマホが震えだした。

上川くんはスマホにメールが届いた様子を見て、ニヤリと笑う。

「彼氏さんですか？」

「ち、違うよ……友達」

たぶん、麻子からだと思う。しかし、上川くんはそれを信じてくれない。

「隠さなくてもいいですよ。加藤さんに彼氏がいないほうがおかしいですから。それでは、名刺は明日の昼前に取りにうかがいます。ありがとうございました」

いないほうがおかしいって……わたしに？　いたほうがおかしいんじゃないの？

たとえお世辞だとしても、気分はよかった。


都筑係長と会う約束をした土曜日。

わたしは駅前にあるデパートのショーウィンドウを覗きこみ、ガラスに映った自分を確認していた。

変じゃないかな……。

ゆるいウエーブがかかった長い髪も、眼鏡を取って華やかにメイクした顔も、やっぱり慣れない。

係長とは十五時に待ち合わせをしていた。

おかげで、麻子の美容院ではゆっくりできたし、服装を何度も鏡の前でチェックすることができた。それなのに、いざ待ち合わせ場所に到着すると、服装もメイクもどこか変な気がして、ガラスに映った自分をしつこく見てしまう。

「うーん……グロスの色、ピンクすぎたかなぁ……」

「ガラスでは、色はあまりわからないと思うんだが」

「きゃっ」

コホンと咳払いをしてかけられた声に、わたしは驚いて声を上げる。振り返ると、気まずそうに視線を逸らした都筑係長が立っていた。

へ、変なところを見られてしまった……！

「つ……都筑さん。あ、あの……っ」

「遅くなって、すまない」

「い、いえ……わたしが早く着きすぎただけなので」

は、恥ずかしい……。

わたしがうつむくと、係長は「あー……」と言いにくそうに言葉を足した。

「それと……唇の色、悪くないから気にしなくていいと思う」

「あ、ありがとうございますっ」

係長が少し照れながらしてくれたフォローに、嬉しくて顔を上げると、彼はわたしの足元をじっと見つめていた。

「そのサンダル……まだ捨ててなかったんだな」

係長は、わたしがミュールを気に入らなかったと思っていたのか、目を丸くして意外そうに言った。

「捨てるなんてできませんよ。せっかく買っていただいたのに。それに、かわいくて履き心地もいいので、気に入ってるんです」

両足の踵をコツンと合わせて見せる。ミュールのビジューが太陽の光を浴びて、キラキラと輝いた。

「履き心地がいいのか。それなら、この前みたいにはならないな」

「あ、はい。先日はすみませんでした……怪我の手当てまでしてもらって」

肩をすくめて謝ると、係長は慌てたように口を開いた。

「いや、手当てはいいんだが、きみに怪我をされると困るんだ」

「困る？　都筑さんが？」

「べ、べつに……俺が代わってやれたら、とか……馬鹿みたいなことを考えるわけじゃないけど……その、痛々しくて見ていられないから……だな」

「都筑さん……」

「もっ……もういいだろ。少し歩こう」

係長は耳を赤くすると、クルリと背を向けて歩きだす。広くて男らしい背中が、抱きしめたいほどかわいらしく見えた。

大きなスクランブル交差点がある通りへ出ると、一歩踏み出すたびにぶつかりそうになるくらい、人が溢れていた。おそらく、近くのファッションビルで夏のバーゲンが行われているのだろう。

係長の横に並び、対向する人を避けていると、すれ違う女の人たちから視線を感じた。キラキラした瞳や、うっとりとした表情から好意的なものだとわかる。

視線の先を見ると、隣を歩いている係長がいた。

係長のこと、かっこいいって思ったのかなぁ……。

彼女たちに興味を持たれていることに気づいているのかいないのか、係長は涼しい顔をしている。

まぁ、見惚れちゃうのも無理ないよね。

容姿はいいし、スタイルはモデル並み。それにくわえて、洋服の着こなし方が上手。前に会った時も思ったけれど、自分に似合う物を知っている。

今日はVネックのTシャツに、七分袖の麻のジャケットを羽織って、紺色のチノパンを合わせている。正直、会社の係長しか知らなかった時は、堅物なイメージばかりで、ラフな格好をするなんて想像もしなかったし、こんなにオシャレだとは思っていなかった。

「どうしたんだ。何か言いたいことがあるのか？」

わたしが係長を見上げていると、彼は怪訝な顔でたずねてきた。あまりにも長い時間、見つめすぎていたようだ。

「あ、いえ……都筑さんって、オシャレだなぁと思って」

「そうかな？　でも、まぁ……そうかもしれない。全部、店の人に選んでもらっているから」

「お店の人に？　自分では選ばないんですか？」

「ああ。流行はよくわからないし、自分に似合う物が着られたらそれでいいから。プロに聞くのが一番だと思って、そうしている」

苦手なことは苦手だと認め、効率的に物事を行う。

……都筑係長らしい、かも。

わたしが黙ったまま納得していると、それが否定的な態度に見えたのか、係長は不安そうに眉根を寄せた。

「ダメかな、流行に疎《うと》い男は」

「あ……そういうわけじゃありません。ただ、プロに任せるっていうのが、都筑さんらしいなって」

「俺らしい？　そう言われたら、そうかもしれないな。……しかし、カオリさんは俺のことがよくわかるんだな」

そりゃあ、もう……会社では二年目のお付き合いになりますから。

「なんとなく、ですけどね」

わたしが小さくうなずくと、係長は「どうしてだろう」と、不思議そうな顔をした。

街の風景を楽しみながら、係長について歩いていると、映画館の前で立ち止まった。

「今日は、映画でも見ようかと思うんだけど、どうかな？」

「はい。今は何をやっているんでしょうね」

映画館に入り、上映中のものを確認する。王道のラブストーリーやドラマから派生した刑事もの、海外のアニメなどが上映されていた。

「あっ……これ、見たかったんだ」

その中に、最近原作を読んだばかりのバイオレンス・ミステリーを見つけた。

係長と恋愛ものは気恥ずかしくて見づらいけど、これならラブシーンはないはずだし、男の人も楽しめそうだ。

でも、係長にも見たいものがあったかも……。

「ど、どうでしょうか？」

つい「見たかった」と、口走ってしまったことを後悔し、そっと上目でたずねる。

すると、係長はポカンと口を開けていた。

「いや、俺はいいが……カオリさんはそれがいいのか？　恋愛ものもあるようだけど」

「はい。この映画は前から気になっていたので」

わたしの返事を聞いた係長は、目を瞬かせたあと、フッと軽く笑った。

「カオリさんは俺のことがわかるのに、俺にはきみのことが全くわからないよ」

「え？」

「女性は恋愛ものが好きだと思っていたし、一也もそう言っていた。なのに、きみはいかにもグロそうなミステリーを選んでいる。他の女性と違っていて、思考が読めない」

「じょ、女性が恋愛ものを好き……というのは、一般的な前提としてあるかもしれませんけど、ミステリー好きな女性も多いですよ」

「ああ、そうだな。俺の経験値が低いだけだ」

係長は自嘲している割には明るい声で言い、チケットを買いに行った。

映画は予想通りグロく、思わず目を瞑ってしまうシーンもあったけれど、原作とはまた違う展開もあって面白かった。

映画館から出る時に時計を見ると、もうすぐ十八時になろうとしていた。

「少し早いけど、ご飯にしようか。グロテスクなものを見たあとだけど、大丈夫かな？」

「はい、問題ありません。ちょうど、お腹もすいてきたところですし」

わたしが大きくうなずくと、係長は口元を押さえて、おかしそうに笑った。

「やっぱり。きみなら大丈夫だと思ったよ。カオリさんのことが、少しわかってきたかもしれない」

自分を理解されていると思うと、くすぐったくなる。わたしがうつむいていると、係長が「店は予約してある」と言って、先を歩きだした。


案内してくれた店は、映画館から歩いて十分のところにあるイタリア料理のレストランだった。

レンガの壁に細工が施《ほどこ》された鉄の扉。上品な店構えの脇には、メニューがスタンドに立てかけられ、ライトで照らされている。

「ここって、最近できたばかりで人気のお店ですよね。うわぁー……嬉しい」

一度来てみたいと思っていたけど、女友達には「彼氏と行きたいから」と断られていた。しかも、予約さえ取れないと聞いたことがあったので、人気が落ちついてから……と、諦めていたところだった。

「どこがいいかわからなかったんだけど、ネットで調べたら評価がよくて、映画館から歩いて行ける距離だったから。ほら、入ろう」

係長が扉を開けて、中へ入るよう促してくれる。照明が落とされた店内は、床やカーテンが深いボルドー色で揃えられていて、アンティークの置物が飾られている。

店員に予約の名前を告げると、窓際の席へ案内してくれた。

「よく予約が取れましたね」

席に着き、ディナーコースを注文してひと息つく。まだ十八時すぎだというのに、店内は満席だった。

「ああ、実はネットでこの店を見つけたあと、一也に相談したんだ。そうしたら、知り合いが店にいるからと言って、予約を融通してくれた」

「じゃあ、一也さんに感謝ですね。あ、前菜が来た……美味しそう」

運ばれてきた前菜は、色鮮やかな野菜やタコのカルパッチョ、魚介のムースなどがひと口ほどの大きさで、一枚の皿に盛られている。

「食べるのがもったいないくらい。あー……でも、いただきますっ」

わたしはぎこちない手つきでナイフとフォークを使い、カルパッチョを頬張った。爽やかな酸味がふわりと口内に広がる。食べたことがない味に自然と頬がほころんだ。

「んー……幸せぇ……」

思わず口から感想が漏れる。気がつくと、向かいに座っていた係長は、料理にはいっさい手をつけておらず、わたしのことをじっと見つめていた。

「あ、あの……どうされましたか？」

も、もしかしてマナーが悪かったかな？

普段使い慣れないナイフとフォークだけど、ちゃんと外側から取った。でも、マナーなんてそれしか知らない。

不安になりながらたずねると、係長はクッと笑みを零し、小さく首を振った。

「どうもしない。ただ、カオリさんが楽しそうだと思って、見ていたんだ」

「す、すみません。落ちつきがなくって」

「いや、嬉しいよ。楽しんでもらえなかったら、どうしようかと思っていたから」

係長はそう言うと、慣れた様子でナイフとフォークを使って食べ始めた。

マナーが悪いんじゃなくてよかった。

ホッと胸を撫で下ろしながら、係長との時間を心から楽しんでいる自分に気づく。

もっと緊張感もたなくちゃダメだよね……係長とふたりきりで食事する機会が二度となくなるとしても、最後の最後までバレないように……。

そっか……最後か……。

〝最後〟を意識して押し寄せる寂しさを、振り払うように料理を口へ運んだ。

お腹いっぱいになってレストランを出ると、あたりは真っ暗になっていた。

「ごちそうさまでした。すみません、わたしがお礼をするはずだったのに……」

「お礼ならいいと何度も言っている。満足してくれたなら、それでいいんだ」

「はい。すごく美味しくて、楽しかったです」

「それなら、よかった」

わたしが笑うと、係長も微笑み返してくれた。

「そろそろ、帰ろうか」

「はい」

ふたりで街灯や飲食店の明かりで溢れる道を、同じ駅を目指して歩く。少し距離があるけれど、ワインの酔いを醒《さ》ますのに、ちょうどよかった。

ミュールは歩きやすいから、足も痛くないし……。

美味しいご飯を食べ、楽しい時間を過ごし、わたしは鼻歌を歌ってしまいそうな心地いい気分だった。

「また、連絡してもいいかな？」

駅へ到着し、一緒に改札へ向かっていると、ふいに係長に言われた。

「はい、もちろ……あっ」

も……もちろん、じゃない！　もう、連絡は取らないんだってば。

つい、いい気分のまま、返事をしてしまったことを悔やむ。唇を噛みしめてうつむくと、係長が心配そうに覗きこんできた。

「どうした？」

「い、いえ……あ、都筑さんって、メールは苦手なんですか？　返信がちょっと遅いような気がするんですけど」

咄嗟に話を逸らしてみる。ついでに「返信が遅いなんて注意する、嫌なやつだ」と思ってくれればいい。……そう思ったけど。

「そうなんだ、文面をいちいち考えてしまうし、あまり得意じゃない。それに、メールをする相手もいなかったし」

係長が意外にも怒らない人だと、この前知ったはずだった。肩を落としたいところを堪え、もう少し責めてみようと試《こころ》みる。

「で、でも、一也さんとはメールしますよね？　それなのに……」

「一也とは電話が多いから。メールはカオリさんとしかしない」

「わ、わたしとしか……って」

「あ、べつにカオリさんが特別だと言いたいわけじゃないから」

「は、はい」

「ただ、きみと電話をするとどうしても顔が見たくなると思う。会いたくなったら困るからメールをって、いったい俺は何を……」

係長は耳だけじゃなく、頬まで赤く染めていた。眼鏡のブリッジをグイと上げると、改札を通って足早にホームへ歩きだす。

残されたわたしは、係長が無意識に言った甘い言葉に、クラリと目眩《めまい》がしそうだった。

係長から遅れて改札を通ると、彼はわたしと別れる、ホームへ続く階段のそばで待っていてくれた。

「さっきのことは忘れてほしい。メールは適当に返事をしてくれたらいいし、また会ってくれると嬉しい。それじゃあ、おやすみ」

「はい……おやすみなさい」

ひとつ礼をして、わたしは階段を降りる。ホームに着くまで、背中に係長の視線を感じていた。

週が明けた月曜日。

今回も係長にバレなかったとはいえ、嘘をついた罪悪感だけは残った。先々週の月曜日は、見てはいけないものを見てしまったような気持ちと、バレるんじゃないかという落ちつかない気持ちで気まずかったけれど、今日はちょっと違う。

「気が重たい……」

会いたいと思い、衝動を堪えられずに会うことを選んだのは自分。そして、会うなら嘘をつき通すことが正しいと思った。なのに、まさか係長に惹かれて、嘘をつくことが苦しくなるなんて。

係長が自分のことを〝加藤詩織〟ではなく〝サトウカオリ〟として見ている。だけどそれは、わたしであって、わたしではない。本当のことを話せないし、自分から係長を遠ざけるのはやっぱり気が咎める。どうしようもない、苛立ちに似たもどかしさだけが募っていた。

正しいと思ってついた嘘は、間違っていたのだろうか……。

鉛のように重たくなった身体を引きずり、スッピンに黒縁眼鏡をかけて出勤する。会社のエントランスへ入ると、エレベーターに乗るために多くの社員が列を作っていた。わたしもけだるさを隠しきれない態度でそこへ並んでいると。

「おはようございます」

隣から声をかけられ、目が覚めたようにハッとする。明るい声の主を見ると、上川くんがにっこりと笑っていた。

「上川くん、おはよう」

「大丈夫ですか？　なんか、元気がないように見えましたけど」

「大丈夫。休み明けで身体がシャキッとしないだけだから」

エレベーターが到着したので、わたしと上川くんは他の人と一緒に乗りこんだ。

集まっていた社員が乗りこむと、エレベーターはすぐに満員となり、身動きを取ることさえ難しい状態となる。それでも、上司や同僚を見つけると朝の挨拶を交わすのは、サラリーマンの職業病だろう。

「加藤さん、この間はありがとうございました」

身体が触れ合うほどの距離で立っていた上川くんが、階数の表示板を見ながら口を開く。

エレベーターは一階上がることに止まり、ひとり、ふたりが降りていくだけだった。まだ時間がかかりそうだし、誰かと話しているほうが係長のことを考えなくてすむ。

「名刺のこと？　いいよ、気にしないで。それで、新規の契約は取れたの？」

わたしがたずねると、上川くんは得意気に手をピースにしている。

「もちろんです。契約が取れたのも加藤さんのおかげですよ。本当に助かりました」

「そう、それならよかった」

「あー……今、俺の感謝の気持ち、軽く流そうとしたでしょ」

「だって、上川くん、いっつも大袈裟だから。あ、営業部の階に着いたよ」

エレベーターが止まり、スーツを着た男の人たちがぞろぞろと降りていく。このエレベーターには営業部の人が多く乗っていたようだ。

上川くんも降りる……と思いきや、身体を屈めて、わたしの耳元に顔を寄せてきた。

「大袈裟じゃありませんよ。今度、お礼にごちそうさせてください」

「ち、ちょ……っ」

引き止める間もなく、上川くんは出ていく。扉が閉まる間際に見せた笑顔は、爽やかというより小悪魔と言ったほうがふわさしいと思った。

上川くん……いたずらがすぎるよ……。

耳から熱くなっていく頬を押さえ、周りに誰がいるのかとチラチラ確認する。こんなところ、誰かに見られて、変な噂を流されたら困る。上川くんは女性社員にも人気だし、誤解されて敵を作るのも嫌だ。

小声だったから聞かれていないと思うし、多くの人が降りていたから、それにまぎれて気づかれなかったとは思うけど……後ろにいた人には見られたかなぁ……。

後ろには誰かいただろうか。願わくは、誰もいませんように。肩をすくめながら、そっと振り返ってみると。

「つ、都筑係長っ」

「……おはよう」

「おは、おはようございますっ」

最悪だ……。後ろに、係長がいたなんてっ！

焦るわたしとは対照的に、係長は顔色ひとつ変えない。せめて「上川くんと仲がいいのか？」と聞いてくれれば、何とでも取り繕えるのに。

これが〝カオリ〟だったら……どんな反応をしただろう。

もっと、動揺していただろうか。慌てて「どういう関係なんだ？」と聞いてくれただろうか。

エレベーターを降りて、先を歩く係長の背中を見つめながら、そんなことを思う。

自分自身に嫉妬するなんて、馬鹿らしいとわかっていながらも、胸が苦しくなった。

今日の昼休みは、お弁当を持ってきていなかったし、美穂が電話当番のため、ひとりで外へ出ることにした。一時間の休憩時間では、ランチへ行ける範囲も限られてくる。会社の近くにある、イートインもできるベーカリーショップへ入り、惣菜パンとアイスコーヒーを頼んだ。

入口の近くに空いている席を見つけ、腰を下ろす。バッグからスマホを取り出すと、メールが届いていた。

【お疲れさま。普段、カオリさんはお昼ご飯をどうしているんだ？】

メールは係長からだった。

お昼ご飯って……もしかしてランチまで一緒に、とか考えてるのかな。いくら何でもそれはないよね。

おととい食事の最中に、仕事の話になったことがあった。わたしは中小企業で派遣社員として働いていることにし、場所はこの会社から三つほど離れた駅の近くだと話した。だから、一緒にランチを楽しむ時間を作ることは厳しいと考えるだろうと思っていた。

ただの興味で聞いているのかな。ホント〝カオリ〟のことになると積極的だなぁ。

わたしは深く考えず、店の名前も入れてパンを食べていることをメールで伝えた。

いつも返信に時間がかかるので、係長からのメールは昼休み中に届かないだろう。惣菜パンを食べながら、壁一面がガラスになっている店内から外を見ていた。オフィス街ということもあり、スーツ姿で汗を流して歩いている人がたくさんいる。

「ん……?」

すると、その中に慌てたように走っている男性を見つけた。

細身のスーツを着こなし、颯爽と駆けている姿は、ドラマのヒロインを追いかける俳優のよう。それは、こちらへどんどんと近づいてきて……。

「つ、都筑係長っ」

思わずひとりで声を上げてしまう。

ま、まずい……なんで、こっちに向かってきてるの⁉

店の奥へ席を替わろうとしたけど、ランチタイムということもあり、満席となっていた。

どうしよう……わたしが店の名前なんて送ったから……でも、なんで駅が違うのがわかっていて、ここに来るの⁉

結局、わたしが焦っている間に、入口の自動ドアが開き、係長が入ってきてしまった。係長は肩で息をしながら店内を見渡し、注文をたずねる店員に見向きもしない。わたしに気づかず横を通り過ぎ、店の奥へと入って目をこらしていた。

〝カオリ〟を探してるんだ……ホントは、ここにいるんだけどな。

やるせない気持ちがこみ上げてきて、〝カオリ〟を探す係長を見ていられなくなった。

「都筑係長。珍しいですね、こちらでお昼ですか？」

店の奥から戻ってきた係長に声をかける。そこでようやく、彼はわたしのことに気づいたようだった。

「いや、人を探しているんだ。ロングヘアでフワッとした雰囲気の子は、ここに来なかったか？」

「い、いえ。見ませんでした」

やっぱり、係長は〝カオリ〟を探してここまで来たんだ。

「そうか。もうひとつ聞きたいんだが、この店は三つ先の駅前にも、新しく出店したんだろうか？」

「さ、さぁ……わかりません」

「わからないか……。ネットで調べても店舗になかったし、あそこからならここが一番近いと思ったんだが……違ったかな」

係長は独り言のように呟き、首をかしげている。

わざわざ調べて、近くにいると思って会いに来てくれたんだ……。

その行動力に茫然としていると、係長はわたしが手を止めていることに気づいた。

「食事中にすまなかったな。気にせず、食べてくれ」

そう言うと、係長は店から出ていく。ガラス越しに見えた係長は、残念そうに肩を落としていた。

三章：揺らぐ決意

カレンダーは八月から九月に変わり、デパートは秋物を並べだした。それでもまだ、街を歩く人は夏の装い。わたしも節電のために部屋の冷房を消していたけれど、蒸し暑さに負けてスイッチを入れてしまった。

「あ、メールが届いてる」

リモコンをローテーブルに戻すと、その近くに置いていたスマホがメールを受信していた。

わずかに期待してしまい、胸の奥がそわそわする。確認すると、係長からの二度目のお誘いだった。

【今週の水曜日、食事でもどうだろうか?】

メール自体、久しぶりだった。おそらく今月末から社員旅行があるので、取りまとめである経理課は忙しかったのだろう。

社員旅行は毎年、九月末から十月末の各週末に行っている。社員全員が一度にでかけるのは宿泊先を見つけるのも大変なので、いくつかの部が合同で海や山やテーマパークへ一泊二日の旅行に行くことになっていた。

どの部と合同になろうとも、係長と一緒の旅行になることには変わりがない。彼と一緒だからといって、何かあるわけでもないけれど。

「返事……どうしよう」

忙しい中、暇を見つけて誘ってくれることは、飛び上がりたいくらい嬉しい。誘われることを期待していた自分もいた。けれど、会いたいという気持ちだけで〝カオリ〟になることは、辛くなるだけだと知っている。

これ以上、ずるずると会っていても、お互いに離れ難くなってしまうだけ……。

【ごめんなさい。もうお会いすることができません】

メールを作成し、送信ボタンを押そうとするが、指が震える。〝予定がある〟と言って、断るのとは違う。〝もう会えない〟ということは〝あなたを好きじゃない〟と言っているようなものだ。

理由を聞かれるだろうか。そうしたら、なんて言えばいいんだろう。いっそ、このまま無視したほうが……。

一時間くらい悩んだあと、結局そのままの文面で送ることにした。

理由を聞かれたら〝好きな人ができた〟と言えばいい。それに、無視をしたら、一也さんや麻子に迷惑をかけるかもしれない。

……送ってしまった。

送信完了の画面を見て、息をつく。係長からは、珍しく間をおかずに返信が来た。どんな返事が来るのか、全く予想がつかない。ゴクリと喉を鳴らし、メールを開くと。

【わかった】

「え……それだけ？」

思わず声が漏れる。またあとからメールが届くんじゃないかと思い、何度も受信ボックスを更新したけれど、一時間経っても何も届かなかった。

「わかったって……それだけなんだ。この前は何度も食い下がってきたのに……」

平日がダメなら、土曜日の昼でも夜でも構わないと言ってきた。わざわざ昼休みに、本当にいるのかどうかもわからないベーカリーショップまで探しに来てくれたこともあった。それなのに、終わる時はこんなにあっさりしている。

……これでいいんだ。何も聞かれないし、嘘を重ねなくていいんだから。

もう〝カオリ〟にならなくてもいいと思うとホッとした。だけどそれと同時に、初めて感じたときめきを、失ってしまった寂しさが残った。

次の日。わたしは憂鬱な気持ちで出勤した。

都筑係長の顔、見たくないなぁ……。

係長のことを考えないようにしようと思っても、会社で顔を見てしまうと、どうしても〝カオリ〟として会っていた時のことを思い出してしまう。そのたびに、もう一度どこかへ一緒にでかけたい……なんて、願ってしまうのだ。

昨日、係長はどんな気持ちだったんだろう。

席へ着き、パソコンの間から向かいにある経理課を見る。係長はいつも通り、無表情のまま背筋を伸ばして座っていた。

……よかった、落ちこんでなくて。

そう思うのに、〝カオリ〟がすぐに忘れ去られるような存在だったのかと思うと、少しだけ悲しくなった。

まぁ……〝カオリ〟なんて実際存在しないんだから、忘れられて当たり前だよね。嘘をついたのだから、自業自得でもある。そんなことを思いながら、仕事を始めると。

「つ、都筑係長……大丈夫ですか⁉」

美穂の声が聞こえてきた。ハッとして顔を上げると、美穂の足元に係長が倒れこんでいた。

「だ、大丈夫だ……」

片膝をついて起き上がる係長のそばには、ゴミ箱が転がっていた。どうやら美穂が足元に置いていたゴミ箱につまずいたらしい。つまずくことなんてよくあることだし、わたしなんて何もないところで転ぶこともある。だけど、係長のドジな姿を見たことがない総務部は、みんな目を丸くしていた。

「すまない」

係長は小声で美穂に謝ると、彼女のゴミ箱を直し、自身についたホコリを払って席へ戻った。

どうしたんだろう……珍しい。

チラリと様子をうかがうけれど、やっぱり変わったところはないように見える。そして、それからはあまり席を立つことがなく、順調に仕事をこなしているように見えた。だけど……。

「今日の都筑係長、危なっかしいんだよねぇ」

昼休みの食堂で、美穂が不安げに零す。食堂はざわついていて、隣の席も空いているので、会話の内容に気をつけなくても大丈夫そうだ。

「係長が危なっかしいって、どういうこと？　ゴミ箱につまずいただけじゃないの？」

「うん、それだけじゃなくて書類の数字を間違えたり、経費の配分を間違えたり……今日はミスばっかりしててさ。まぁ、いつもが真面目でミスもないから、課長も部長も怒らないんだけどね」

「そうだったんだ……」

見た目は普段と変わらなかったし、経理課に関わる仕事がなかったので、全然気がつかなかった。わたしが黙りこんでいると、美穂は探るような視線を向けてきた。

「ねぇ、もしかして……何かあったの？」

たずねてくるけれど、美穂の視線からは確信に近いものを感じる。

「な、なんで？」

「詩織も元気がないからよ。ふたり揃って様子がおかしいんだもん、疑いたくなるよ」

わたしも傍《はた》から見れば、係長より様子がおかしかったのかな。

何もかも知っている美穂に隠す必要もないと思い、すべて話すことにした。

「実は昨日、『水曜日に食事はどうか』って誘われて……だけど『もう会えない』って返信したの」

「あー……それで、係長はショックを受けて、落ちこんでるわけね」

美穂は納得したとばかりに、何度もうなずく。

「落ちこんでるのかな？　メールでは『わかった』って、あっさり引いたけど」

「それは強がりなんじゃないの。もともと不器用な人なんでしょ？」

「うん……」

美穂の言葉に小さくうなずく。わたしが原因で動揺してくれているのなら、係長の中にわたしが存在していた意味があったようで少し嬉しい。だけど、それと同時に、苦しんでいる姿を見るのはやっぱり辛くて、複雑な感情で胸が締めつけられる。

「わたしが、係長を元気にできたらいいのに……」

それができないから歯がゆい。係長を元気にできるのは〝サトウカオリ〟であって、〝加藤詩織〟じゃないから。

「詩織……」

美穂は優しく見つめてくるだけで、それ以上何も言わない。ふたりで黙りこんでいると、誰かがわたしたちのそばで立ち止まった。

「ふたりとも、真剣に何のお話をされているんですか？」

「あ……上川くん」

声の主を見上げると、上川くんが日替わり定食のおぼんを持って立っていた。

「ヒミツよ。乙女の内緒話だから、いくらかわいい上川くんでも入ってきちゃダメなの」

美穂がにっこりと笑ってたしなめると、上川くんは苦笑した。

「えー、そう言われると気になるけど、大久保さんは厳しいからなぁ。加藤さんは優しいから、仲間に入れてくれますよね？」

「うーん……今日はダメかな」

「うわっ、加藤さんに断わられるとキツイな。じゃあ、今日は大人しく退散します。今度、一緒にご飯へ行った時に聞かせてくださいね」

上川くんはそう言うと、人懐っこい笑みを浮かべて去っていく。湿っぽくなっていた空気は、いつの間にか彼の登場で一気にゆるんでいた。

「上川くんってさ、絶対詩織のこと好きだよね」

「なっ……何それっ」

上川くんの姿が見えなくなると、美穂がいきなり変なことを言うから、思わず噴き出してしまう。

「そんなわけないって、何言ってるの」

わたしがケラケラ笑うと、美穂は呆気に取られているのか目をパチクリさせた。

「上川くん、総務部に来たら、いっつも詩織のこと探してるんだよ。気づいてないの？」

「それって、たまたま用があってわたしのこと探してるんじゃないの？」

上川くんがわざわざわたしのことを探すなんて考えられない。わたしが否定すると美穂は真剣な顔つきで首を振った。

「ううん、違うと思う。時々探してるんじゃなくて、いっつもだもん。今だって、詩織の深刻そうな顔を見てられなかったんだと思うよ。ちゃっかり、ご飯まで誘ってるし」

「ご飯は冗談でしょ。名刺作ってあげたことを、まだ気にしてくれてるんだと思う」

感謝してくれるのは有り難いけど、そんなに気にしなくていいのに。

上川くんの律義な性格に恐縮していると、美穂はものわかりが悪い子どもに呆れたようにため息をついた。

「ご飯もお礼じゃなくて、詩織のことが好きだからだと思うけどなぁ。詩織は鈍感なんだから」

「そ、そう言われても……」

「係長がダメなら、乗り換えてもいいんじゃないの？」

美穂がニヤリと口の端を上げる。

「へ、変なこと言わないでよ。上川くんに失礼だって」

美穂の冗談に動揺しながらも、わたしは係長のことが気がかりで仕方がなかった。


その次の日も、係長の様子はおかしかった。

「ワイシャツとネクタイが昨日と一緒だよ？　やばいって」

昼休みの食堂で、美穂が悲鳴を上げる。理由はもちろん仕事中の係長だ。

今日の係長は、パソコンへ向かう姿勢こそ背筋が伸びていて、いつも通りだけど、服装は昨日と同じだし、またミスも多いらしい。見かねた経理課長が早退するように勧めていたが、係長は自分では異変に気づいていないのか断っていた。

「彼女の家にお泊りじゃないの？って言う人もいるけど、事情を知っているわたしからすれば、あの状態は心配だわ。あんまり汗をかいてないのか、臭わないけどさぁ……さすがに明日も同じだったら見てられないよ」

「うん……」

美穂の言葉に小さくうなずく。

もし、家でもあんな調子だったら、ご飯を食べてないんじゃないかな……。

身体が心配になる。メールのひとつでも送れば、元気になってくれるかもしれないのに、そんな簡単なことさえできない。だって……もう〝サトウカオリ〟は、やめるって決めたから。決めたはずなのに、係長の弱っている姿を見ると揺らいでしまう。

気がつけば係長のことばかり考えていて、箸を持つ手が止まっていた。そんなわたしを美穂がじっと見つめている。

「もしかしてまた、どうにかしてあげたいとか思ってるの？」

「あ……うん。メールしたら少しは元気になるかなぁ……とか、考えてる」

美穂は「やっぱり」と言わんばかりに大きくため息をつき、手に持っていたお碗を置いた。

「詩織の気持ちはわかるんだけど、わたしは失恋くらい自分で乗り越えろ、って思うな」

「それは、係長だってそうしようとしてるんだと思う。ただ、わたしが何かできないかなって、思ってるだけだから」

声が弱々しくしぼんでいく。

自分が馬鹿みたいなことを考えているとわかっている。落ちこんでいる係長を見るのは辛いけど、また〝カオリ〟という嘘をついても、もっと辛くなるだけだ。

「詩織が優しいのは知ってるけど、よく考えて行動するのよ。わたしは、詩織の幸せが一番なんだから」

「……うん、ありがとう」

美穂の言葉に曖昧に笑ってうなずき、わたしは箸を動かした。

家に帰ると、わたしはご飯も食べずにスマホとにらめっこをしていた。

メール……送りたい。けど、美穂にはよく考えるように言われたし、どうするべきかわかってる……。

「電源、切っておこう」

そう思い、スマホを手に取ると、マナーモードのままだったそれが短く震えた。メールだろうと思い、画面を確認すると着信だったようだ。

「ワン切り？　誰から……って、都筑係長⁉」

着信履歴を見ると、係長からだった。驚いて、思わずスマホを落としてしまう。

ど、どうして……電話なんか。

係長からは絶対に連絡をしてこないと思っていた。あっさり引いたということもあったし、恋愛に必死になるようなタイプじゃないと思った。

〝カオリ〟だから追いかけるの……？　でも、なんでワン切り？

嬉しさと嫉妬で胸はいっぱいだけど、なぜメールではなく、ちゃんとした電話でもなく、ワン切りなのだろうかと不思議だった。

「か、かけてこい、っていうこと……？　それとも、いたずら？」

あの係長に限って、いたずら電話なんてしないと思う。だけど、どんな意味があるのかわからないし、何より気になる。

電話、かけ直してみようかな……。

「べつに会うわけじゃないんだし……い、いいよね。それにもし、『間違ってかけちゃっただけ』って言われたら『ああ、そうですか』って、すぐに切ればいいし、いたずらだったらひと言言いたいし」

誰に言うわけでもなく、自分自身に言い訳をする。それは、ひとりの部屋に虚《むな》しいほどよく響いた。

……よし、かけるぞっ。

床に落としたままだったスマホを拾い上げ、ひとつ深呼吸をした。

履歴から係長の番号を呼び出し、発信ボタンを押す。コール音が鳴るたびに、わたしの心音も大きくなっていった。

『……カオリさん？』

電話のコールが三つ鳴って出た係長の声は、少しおびえているように感じた。

「あ、あの……先ほど、お電話をいただいていたようなのですが」

バレないように高めの声を……と意識すると、喉に力が入って声が震えた。

『ああ……すまない。間違えて押してしまって……すぐに切ったつもりだったんだけど、そちらにつながってしまったんだな』

「ま……間違えて……」

なんだ、間違えただけだったんだ。

予想していたことだったのに、なぜか残念な気持ちになる。

わたしは……係長になんて言ってほしかったんだろう。

自分の中の答えが見つからず、黙りこんでいると係長が口を開いた。

『本当に間違えただけなんだ。ちょっとスマホの電話帳を見ていて、あっ……べ、べつにきみに連絡を取りたいと思って見ていたわけじゃないんだ。本当に、会いたいとか思っていたわけでもなくて……って、俺は何を言ってるんだ……』

電話越しに、係長が大きく息をついているのがわかった。きっと今ごろ、耳を真っ赤にしているんじゃないだろうか。

「ふっ……ふふ……」

『……カオリさん？』

「ごめんなさい。都筑さんがおかしくって……ふふっ」

係長がどんな様子だろうかと想像するとおかしくて、つい笑ってしまった。

あの慌てぶりは、きっと電話をかけようとしてくれていたのだろう。

「やっぱり都筑さんの言う通り、電話はダメですね。会いたくなっちゃう……あっ」

——何言ってるのっ！

うっかり本音を漏らしてしまい、まだ会話の途中だというのに慌てて電話を切った。

ダメだ……なんで言っちゃったんだろう。電話を切ったところで、聞かれていることには変わりがないのに。

それどころか、すぐに切ってしまったことで動揺していることに気づかれ、本心であったことを悟られてしまう。馬鹿なことをしたと思っても、今さら取り返しがつかない。ワン切りの理由を聞いた時に、すぐに切るべきだったと後悔した。だけど、係長と話をしてわかったことがある。

係長からのワン切りが、ただの間違いじゃなかったということに、ひどく喜んでいる自分がいる。堪えようもない想いが、じわりじわりと溢れだしていた。

握りしめていたスマホが着信して震えたのは、それから五分くらい経ってからだった。画面に表示されているのは、係長の名前。すぐにかけ直してこなかったのは、きっと戸惑いの現れだと思う。

「……はい」

無視をする、という選択肢は、頭をチラついてすぐに消えた。

『その、会いたくなる……と言ってくれたのは、聞き間違いだったのかな？』

遠慮がちな声。どんな表情で、どんな気持ちで、わたしにたずねているのだろう。係長の姿を想像すると、胸に熱い感情がせり上がってきた。

「聞き間違いじゃ、ありません」

一瞬のうちに、自分のことを何度も「馬鹿だ」と罵《のの》る。電話の向こうで、係長が動揺している気配があった。

『でも、きみは……もう会えないと言っていなかったか？』

「あ、あれは違います。平日はもう会えない、という意味なんです」

苦しい言い訳だと思う。気がつけば〝カオリ〟として出会った時から、うまく言い訳ができたためしがない。だけど、いつも係長は信じてくれた。

『平日はもう……って、一度も平日に会えたことがないけどな』

係長がクスリと笑う。声が明るくなっているように思えた。

『俺は回りくどいかもしれないけど、カオリさんは言葉が足りない』

「す、すみません」

『いや、責めているわけじゃない。なんだか、おかしくなっただけなんだ』

係長の小さな笑い声が耳をくすぐる。元気になってくれたようで、心底ホッとした。

『今度会うのは、平日がダメなら土曜日はどうだろうか？』

「あ……たぶん大丈夫ですけど、またあとでお返事してもいいですか？」

会うなら〝カオリ〟にならなくちゃいけないので、また麻子に手伝ってもらうことになる。彼女の美容院の予約を取ってからじゃないと確実な返事ができない。

『わかった、もしダメなら教えてくれ。予定を変更するよ』

「ありがとうございます……じゃあ、またあとでメールしますね」

『ああ、おやすみ』

「おやすみなさい……」

『……』

「……」

『…………切らないのか？』

「つ、都筑さんこそ」

なんだか名残惜しくて、わたしは係長から電話を切るのを待っていた。それなのに、向こうもわたしが切るのを待っていたようだ。

ふたりとも同じ考えだったのがおかしくて、声を上げて笑い合う。そして、同時に「おやすみなさい」と言って電話を切った。

これから先のことなんて、どうでもいいと思えるほど、温かな気持ちで心が満たされていく。しばらく係長との会話の余韻に浸ったあと、麻子に電話をかけた。麻子はちょうど仕事から帰ってきたところらしく、真剣に話を聞いてくれた。

『詩織、本気で好きになったってこと？』

「……そう、かも。係長の弱っている姿を見ると放っておけないし、力になりたいって思うの。……係長に嘘をつくのはよくないってわかってるけど、わたしじゃ……詩織じゃダメだから〝カオリ〟になりたくて」

昼休みにベーカリーショップへ駆けつけてくれた時、すぐそばにわたしがいたのに、それに気づかず〝カオリ〟を探していた。その寂しさが、今もまだ痛いほど胸に残っている。

わたしの言葉を聞いて、麻子は息をつく気配があるものの、黙りこんでいた。

「麻子？」

『ううん……ちょっと驚いた……っていうか、感動してるのかな。高校の時から仲良くしてるけど、詩織から恋愛の話を聞くのって初めてだから』

「あ、そうだね……今まで、こういうこととは無縁だと思ってたから」

縁がないと思っていたからこそ、周りの男性を恋愛対象で見たこともなかった。彼氏が欲しいと思い始めても、どうしたら好きな人ができるのか、それさえよくわからなかった。高校の時からわたしの友達でいた麻子は、それをよく知っている。わたしの話に「そうだったよね」と納得し、言葉を続けた。

『でも……もしかしたら、都筑さんもそうなのかも』

「え、どういうこと？」

『一也が「征一郎にはトラウマがある」って言っていて。詳しくは聞いてないんだけど、今まで恋愛に乗り気じゃなかったのは、それが理由らしいの』

トラウマというのは、前に一也さんと話をしていた時に聞いた〝五年前〟のことかもしれない。

何があったのか、気になる……。

詮索してもいいものか迷っていると、麻子は話を続けた。

『だから、その都筑さんが惹かれている〝カオリ〟って、やっぱり彼の中ではきっと、ものすごく特別なんだよね。本当は、すぐそばにいる〝加藤詩織〟なのに』

「うん……」

嬉しいような寂しいような、複雑な気持ちが押し寄せる。わたしが黙っていると。

『案外、〝カオリ〟の正体をバラしても平気かもね』

麻子がポツリと漏らした。

「そ、そんなわけないよっ」

『だって、都筑さんって外見で人を好きになるとは思えないもん』

「あー……それは、わかるけど」

会社には美人が多いし、武田さん含め、係長にアピールした人もたくさんいると聞く。だけど、浮いた話を聞かないということは、相手にしなかったということだ。

『中身は同じ詩織なんだからさ。それに〝カオリ〟がトラウマを克服させて、そのあと詩織として向き合ってもいいかも』

「そ、そんなこと……できるかな？」

でも、わたしにできることがあるなら……。

『まぁ、わたしは詩織が恋してるなら、それを応援してあげたいの。詩織が、都筑さんに会いたい、って我慢できない気持ちもわかるし』

「麻子……」

『だから……このまま〝カオリ〟として会っていても、深い関係にはなれないっていうことがわかっているなら、力を貸すけど？』

「麻子……！　うん、ありがとう。ちゃんとわかってるから、お願いします」

『うん。じゃあ、土曜日の朝一で予約入れておくね』

それから電話を切ると、さっそく係長にメールを送った。土曜日の昼過ぎから会うことになり、係長がわたしのマンションの近くに迎えに来てくれることとなった。

会社の緊急連絡網に住所が載っているけど、総務課の人だけが持っているものだし、そこからバレることはない。そもそも連絡網を見ているなら、番号を交換した時点でバレているはずだ。

【今度こそ、靴のお礼をさせてくださいね】

会うのは〝好きだから〟じゃなく、〝お礼をしたいから〟だと、いつか来る終わりのために、すぐに気持ちが離れられる準備をしておく。それは係長に言っているようで、自分に言い聞かせているようだった。

「今日は係長、いつも通り……っていうか、ちょっとご機嫌なんだよね」

次の日の午前中、給湯室でお茶を淹れていると、あとからやってきた美穂が耳打ちをしてきた。

「ご機嫌って？」

「なんとなくだけど、キーボードを打つ指が弾んでるし、いつもより動きが機敏な気がする」

「あの係長が？　面白いね」

わたしは美穂の説明に笑いながらも、ご機嫌の理由が自分にあるのかと思うと嬉しくなった。

係長の様子が元に戻ったことに笑っていると、美穂がじっと顔を寄せてきた。

「ねぇ、詩織。まさかだと思うけど、係長と……？」

「えっ、な……なんで？」

「だって、係長の様子が戻ったことに対して、何の疑問も持ってないんだもん」

さすが美穂……鋭い。

「あ……うん、土曜日に会うことになった」

おずおずとうなずくと、美穂は呆れたように頭を抱えこんだ。

「な、何やってんの……。いい？　元気になってほしいからっていう中途半端な気持ちで会うのは、優しさじゃなくてひどいことしてるんだよ？　わたしなんて何回そういう経験に苦しんだか……」

「美穂、別れてからも前の彼氏と会ってたのって、そんな感じだったの？」

「そうよ。わたしがまだ未練あったから、お願いして会ってもらって。でも、結局自分の彼氏じゃないから辛くて……って、わたしの話はいいのよ。要は、どっちも辛いってことを言いたいの」

美穂の瞳は、心からわたしを心配してくれているようだった。

「うん…辛いってことはわかってるんだけど、どうしても……」

初めて感じた、誰かを「好き」だという気持ち。自分でも驚くぐらい、歯止めが効かない。

「どうしても、じゃないわよ……」

「……ごめんなさい」

わたしが肩をすぼめて謝ると、美穂は大きくため息をついた。

「謝ってほしいわけじゃなくて、心配なのよ。……了承しちゃったなら仕方ないし、詩織がよく考えて決めたことなら、わたしは見守るしかないけど。何かあったらいつでも相談してよ」

「美穂……っ、ありがとう」

わたしはいい友達に恵まれている。昨日から、それを実感するばかりだ。

しかし、ふたりでお茶を淹れて事務室に戻ると……。

「ちょっと、加藤さん。手伝ってほしいんだけどー？」

「あっ、はい！」

どうやら、友達には恵まれているけれど、先輩には恵まれていないらしい。わたしは美穂に小声で「まただよ」と愚痴を零しながら、武田さんの元へと駆け寄った。


土曜日は晴天だった。照りつける日差しは真夏よりやわらいだものの、まだ暑い。

係長からはどこへ行くのか聞いていない。アクティブなところへ行ってもいいように、半袖のゆるいトップスに、タイトなパンツを合わせ、ヒールの低いパンプスを履くことにする。本当は係長からもらったミュールを履きたいけれど、季節感がない気がしてやめた。

「髪型よし、メイクよし、服装よしっ」

麻子の美容院から家へ帰り、鏡の前でできあがった自分を再度確認してから、係長との待ち合わせ場所へ向かった。

時間にはまだ十分ほど余裕があったのに、すでにシルバーの車が一台止まっている。

あの車、係長かな？　そういえば、係長の車に乗るのって初めてだ……。

そもそも、父親以外の男性が運転する車に乗ること自体、初めて。ふたりきりで閉ざされた空間。考えるだけで、胸がドキドキした。

わたしが近づくと、車から淡い水色のシャツにカーキのカーゴパンツを履いた係長が出てきた。

もしかして、車の中から見られてた？　変な歩き方してなかったかなぁ……。

わたしは恥ずかしくなって、うつむき加減で挨拶をした。

「今日は、わざわざ迎えに来ていただいて……ありがとうございます」

「これくらい構わないよ。狭いけど、どうぞ」

そう言って、助手席のドアを開けてくれる。係長は「狭い」と言って謙遜したけど、よく見かけるセダンのハイブリッド車だ。座り心地はいいはずなのに、ひどく落ちつかない。隣の運転席に係長が乗りこむと、もっとそわそわした。

「カオリさんも、そういった格好をするんだな」

「え？　ああ、パンツのことですか。はい、たまには」

といっても、このパンツは〝カオリ用〟に買っていた物だから、今日初めて履いたけど。

「スカートのほうが、お好きですか？」

服装のことを言ってくるのは初めて。パンツスタイルはあまり好きじゃないのかもしれない。

たずねると、車を発進させた係長は、眼鏡のブリッジをグイと押し上げた。

「そうだな、どちらかと言えばスカートがいいかもしれない。けど……きみが着るなら、何でもいい」

「何でも、ですか」

「あっ、いや。投げやりな意味で言ったんじゃなくて、何でも素敵に見える、という意味で言ったんだ」

しどろもどろで話す係長の横顔は、耳が赤く、困っているように見えた。

見ていて飽きない。一緒にいると楽しい。

わたしがひとりで嬉しさを噛みしめていると、係長が苦笑する。

「きみはホントによく笑うな」

どうやら、わたしが笑いを堪えていると思ったらしい。

「ごめんなさい」

肩をすくめて謝ると、彼は少し焦りだした。

「いや、べつに怒っているわけじゃなくて……むしろ笑っていてくれるほうが……。と、とにかく、今日は水族館へ行こうと思うんだけど、どうかな？」

「ふふっ……はい、お願いしますっ」

今度こそ、本当に噴き出して笑ってしまった。


車で一時間半ほどかけて着いた水族館は、多くの人で賑わっていた。館内は、薄暗くて青い空間に、いろいろな水槽がぽっかりと浮かび上がっていて幻想的。

「綺麗ですね」

「ああ、普段来ることがないから、たまにはいいな。癒される」

ふたりで並んで、ぽつりぽつりと会話を交わしながら、ゆっくりと歩く。魚を見ているだけなのに、幸せな気持ちだった。

係長も、同じ気持ちだといいな……。

そう思い、魚を見ているフリをして、水槽のガラスにうっすらと映りこんでいる係長を覗き見た。すると……。

「つ、都筑さん。わたしじゃなくて、魚を見てくださいっ」

「カオリさんこそ、今、目の前に大きな魚がいたっていうのに」

お互い、ガラスに映った相手の顔を確認していて、目が合ってしまった。

恥ずかしくて、押さえた頬がどんどん熱くなる。係長はコホンと咳払いすると、案内図を広げた。

「十五時からクラゲのショーがあるみたいだけど、どうする？」

「えっ、クラゲのショーなんてあるんですか⁉　見たいっ」

わたしは係長から、案内図とショーのスケジュールが書かれた表を奪い取り、場所と時間を確認する。恥ずかしさをまぎらわせるため、というより、せっかくだから思いきり楽しみたいという気持ちと、好奇心が勝《まさ》った。

「音と光のファンタジーショー……綺麗だろうなぁ。あ、そのあと十六時からペンギンのショーがある。これも見たいです。だから、順路はこう行って……そうしたら、この生き物との触れ合い広場も見られますよ。貝とか触れるみたいですね」

案内図を見ながら、係長に説明をする。しかし、彼からは何の反応もない。

「ダメ……ですか？」

わたしが上目でたずねると、係長は口を押さえてクスクスと笑っていた。

「あ、あの……都筑さん？」

「ダメじゃないよ。カオリさんの見たいところを見ればいい。ただ、やっぱりきみは面白いな、って思っただけなんだ」

「すみません。はしゃぎすぎました」

「いや、気にしないでくれ。つまらないと言われるより、よほどいいから」

「……都筑さん」

係長の表情が、一瞬曇ったように見えて、一也さんの言う〝トラウマ〟に触れた気がした。けれど、それ以上どうやって聞けばいいかわからない。

「あと十分でショーが始まる。少しでもいい場所で見たいだろ。行こう」

思いあぐねているうちに、時計を確認した係長に促され、クラゲの水槽へ向かった。

結局、それからはトラウマについて聞きだすタイミングを逃し、ペンギンのショーも見終わって、水族館の閉館時間十五分前となってしまった。館内には、閉館前の寂しげな音楽が流れている。

「水族館、楽しかったですね。特にペンギン、かわいかったなぁ」

「ああ、確かにかわいかった。どことなく、きみと似ている」

係長はサラリとそう言うと、お土産物売り場の隣にある自販機の前で足を止めた。

「ご飯を予約してある店まで、車で一時間くらいかかるけど、何か飲まないか？」

「あ、それくらいわたしが買います」

運転もしてもらっているし、水族館のチケット代だって出してもらっている。きっとご飯代も係長が出してくれそうな気がしたので、率先して千円札を出した。だけど、係長はそれを受け取らず、自分のお金を入れてしまう。

「あー……お金をもう入れてしまったよ。きみは、何にする？」

「じゃあ、オレンジジュースを。ありがとうございます」

小さく頭を下げ、ジュースを受け取った。

わたしも、何かしてあげられたらいいのに……。

そう思い、係長が飲み物を買っている間に、お土産物売り場を見て回る。

うーん……光るクラゲのキーホルダーは要らないだろうし、クッキーもひとりじゃ食べないだろうし……。

ウロウロと見ていると、いつの間にかぬいぐるみコーナーに入っていた。係長には絶対に必要がない物だとわかっていながらも、その愛くるしさに惹かれ、つい見入ってしまう。

「これ、かわいい……」

手に取ったのは、先ほどショーで見てかわいいと思った、ペンギンのぬいぐるみ。

胸に抱えるほどの大きさがあり、モフモフとしていて抱き心地もいい。

でも、いくらかわいくて抱き心地がよくても、係長は要らないだろうし。それに「似ている」と言ってもらった手前、これをあげてしまうと、「自分だと思ってください」って言っているみたいだしなぁ……何がいいんだろう。

ぬいぐるみを抱きしめながら考えこんでいると、係長がやってきた。

「それが欲しいのか？」

「あっ……ち、違います」

係長は今にもズボンのポケットから財布を取り出そうとしている。わたしは慌ててぬいぐるみを元の位置に戻した。

「ただ、見ていただけなので。そうだ、帰る前にお手洗いへ行きましょう」

わたしは半ば強引に係長をその場から連れ出すと、お手洗いへ向かった。

危ない……また、係長に何か買ってもらうところだった。

麻子に教えてもらった通りにメイクを直し、鏡の前でひと息つく。お手洗いから出ると、待ち合わせた場所には、まだ係長の姿がなかった。

「混んでるのかな？」

それにしては、入っていったと思った男の人がすぐに出てくる。もしかして、体調が悪かったのか……と思っていたら。

「やっぱり、カオリさんに似ているよ」

「きゃっ……」

背後から、モフッとした物で肩を叩かれ、思わず声を上げる。動揺しながら振り返ると、係長が先ほどのペンギンのぬいぐるみを持っていた。

「これ……どうしたんですか？」

「カオリさんにもらってほしい」

「そんなっ」

「言っておくけど、もらえない、というのはナシだ。俺が持っていても気味が悪いし、これを見て、きみを思い出して悶々としたくない」

係長はおどけてみせる。

こんなふうに冗談も言うのだと、また新たな一面を知って嬉しくなる。

「では、悶々としたら困るので……有り難くいただきます」

わたしはもらったぬいぐるみをギュッと抱きしめた。

駐車場まで戻ると、もう閉館時間だからか、車は少なくなっていた。

「ぬいぐるみは、後ろに置いたらいい」

買ってもらったぬいぐるみを抱えたまま、助手席のドアを開けていると、係長が言ってくれた。

「はい、ありがとうございます」

お言葉に甘えて、後部座席に置かせてもらおうとドアを開けると、座席には一冊の雑誌が置いてあった。

ちょっと、失礼して動かしちゃおう……ん？

手に取ると、表紙が見えた。タイトルには『デートスポット百選』と書かれている。

……ま、まさか係長。これを見て、この水族館に？

係長は運転席に乗りこんで、お茶を飲んでいる。隠れてパラリとめくってみると、右上が折られたページが開いた。そこには予想通り、水族館の紹介が載っている。

係長、わざわざ雑誌で調べてくれたんだ……。ちょっと……かわいい。

口元がほころんでしまうのを、抑えきれない。

「ぬいぐるみ、適当に置いてくれて構わないけど、大丈夫そうかな？」

「あ、はい。大丈夫ですっ」

雑誌にはもうひとつ「夜の部」のページにも折り目があったけれど、それはこれからのお楽しみということで、見ることはやめて、助手席に乗りこんだ。

言われていた通り、一時間くらいで夜ご飯の店に着いた。和風の店構えには落ちついた雰囲気があって、居心地がよさそうだ。

「今日は創作和食の店にしてみたんだ。前に聞いた時、嫌いな物はないって言っていたけど大丈夫かな」

「はい、何でも食べられます。どんな料理が出るのか楽しみですね」

お腹もすいたし、何より係長と食べるなら、何でも美味しく感じる気がする。わたしの返事を聞いて、係長は目を細めながら、店の中へ入っていった。

店内は全席掘りごたつ式となっていて、予約している席は奥のほうにある個室らしい。店員と係長に続いて歩いていると、入口近くの席では合コンが開かれていた。

「みんな、何課で働いてるの？」

「わたしは総務課で働いているんですけどぉ」

合コンの騒がしい声の中に、聞き覚えのある鼻にかかった声が聞こえてくる。だけど、ジロジロ見るわけにはいかず、わたしは奥の席へと足を進めた。

出てくる料理はどれも綺麗に盛りつけられていて、新鮮なお魚と野菜がとても美味しかった。

食べ終えると、帰り道はドライブがてらに少し遠回りをしてくれた。家族や友達と一緒に見たことがある夜景も、係長の隣で見るといつもより輝いて見える。

「今日はありがとうございました。また、お礼ができないままで……」

家の近くに車を停めてもらい、頭を下げる。思っていた通り、ご飯代もすべて係長が出してくれていた。

「お礼はべつにいいんだけど……それを断ってしまうと、もう会ってくれない気がするな」

外からの明かりに照らされた係長の顔は、切なげに見えた。

「そういうわけでは……」

「ああ。そういうわけで、あってほしくない」

わたしの語尾を奪い取るように強く言う。

「また……会ってくれないか?」

また、係長と〝カオリ〟として会う。それは、嘘をつき続けること。

連絡先を聞かれた時以外、面と向かって誘われたことがなかった。メールとは違い、表情が見えるというのは断りにくい。

違う……断りにくいんじゃなくて、断りたくないだけ。

わたしが返事をできずにいると、係長に瞳の奥を覗きこむようにして見つめられる。

「会いたいんだ」

「……わたしも、会いたいです」

小さく返事をすると、係長の顔がパッと華やいだ。

「よかった。じゃあ、来週はどうだろう……っと、ちょっと詰めて会いすぎるか。べつに待てないわけじゃないんだけど」

華やいだと思った表情は、わたしを気遣ってすぐに曇りだす。彼に対する印象からは、すでに「無表情」という単語はなくなっていた。

「わたしも、来週空いてます」

今日、麻子に連絡をすれば、予約は取れるだろう。

「そ、そうか。なら、来週にしようか。行きたいところがあったら、教えてくれ。また連絡するよ」

「はい、よろしくお願いします。では、気をつけて」

わたしが車を降りると、係長はゆっくりと車を発進させた。

いつまでこんなことを繰り返すのだろう。いつになったら、係長とどうなったら、満足するのだろう。際限のない「もっと近づきたい」という想いに、自分でもうんざりする。

「正直に話せば、近づけるのかな……」

どちらがいいのか、ずっと考えているのに、いまだに答えが出てこない。係長の車が見えなくなっても、わたしはしばらくその場で立ち尽くしていた。


月曜日。出勤すると、係長は給料日が近いので忙しいはずだというのに、心なしか楽しそうに仕事をしていた。

そういう姿が見えるから、余計に想いが強くなっちゃうんだよね……。

ため息をついて書類をまとめていると、美穂が慌てた様子でこちらにやってきた。

「詩織、大変っ。ちょっと、こっちに来て」

「え……み、美穂？」

美穂に腕を引かれ、そのまま給湯室の近くまでやってくる。人差し指を唇に当てて「シーッ」と合図を送ってくるので、わたしは身を潜めて、給湯室のすぐそばで耳をそばだてた。

「えー、それホントなの？」

何かを疑うような女性の声が聞こえる。おそらく、武田さんと同期である経理課の人だ。よく、武田さんのところへやってきて話をしているので、声を覚えている。

「ホントよ！　わたし、見たんだからっ」

続いて聞こえてきたのは、鼻にかかった声。

こっちは武田さんだ。あれ？　この声、どっかで聞いたような……。

記憶をさかのぼっていると。

「都筑係長が、女の人とご飯食べに来ていたのよ！」

ドキリと身体がすくみ上がる。

もしかして、あのお店で……！

係長と食事に行った場所で合コンをしていた。そこに、武田さんはいたのだ。

「癒し系っていうの？　美人といえば美人だけど、派手さはないわね。どことなく雰囲気が誰かに似てるんだけど、思い出せないのよねぇ」

遠目だったから、とりあえずバレずにすんだようだ。しかし、これが隣の席で食事をしていようものなら、きっとわたしだと勘づいていたはずだ。

武田さん、人の噂話とか好きだから、すぐに広まるんだろうな……。

今回は〝サトウカオリ〟としてだから、あまり噂は広まらないかもしれないけど、もしこれが〝加藤詩織〟だったとしたら、みんなからどんなふうに言われるだろうか。

今みたいに、陰で好き勝手に言われるんだ……。それだけじゃなくて、係長にも迷惑がかかるかもしれない。

そう思うと、少しだけ怖くなる。

「詩織……」

わたしの気持ちを察するかのように、美穂が心配そうな瞳を向けてくる。

「うん……わたしは、大丈夫だから」

何が大丈夫なのか、自分でも言いたいことがわからなかったけれど、美穂を安心させたくて笑ってみせる。正直に話すべきか、騙し続けるべきか。どうしたらいいのか、それさえもますますわからなくなってしまった。

四章：告白と発覚

「今日はスカートなんだな」

係長と約束をしていた日。待ち合わせ場所に行くと、車の前で待ってくれていた係長が、わたしの服装を見て呟いた。

この前、パンツよりもスカートがいいと言っていたので、今日はシフォンのふんわりとしたスカートにした。

……変だったかな？

喜んでくれるかと思ったのに、渋い顔をされて不安になる。

「ど、どうですか？」

「丈が短い」

係長は似合っているかどうかよりも、膝上十センチの丈が気になっていたようだ。自分でも慣れない丈は気になるけど、なるべく〝加藤詩織〟らしさから遠くなればいいと思って選んだ。

また、いつ誰に見られるか、わからないもん……。

だけど、係長を不快にさせてしまっていては、オシャレをした意味がない。

「……すみません」

「いや……いいんだ。他の男に見られるのかと思うと心配になっただけで……と、余計なことを言っているな。とにかく、気にすることはない。似合っているし、むしろかわいい……あっ、また余計なことを言っている」

係長はひとりでワタワタすると、しまいには額を押さえてうなだれてしまった。

必死で取り繕っている姿に、愛おしいという感情がわき上がってくる。

〝カオリ〟じゃなければ、抱きついて、好きだと言えるのに……。

笑うしかできないもどかしさに唇を噛む。最初から〝カオリ〟なんてやめればよかった。今さらどうにもならないことを後悔する。これほど時間を巻き戻したいと思ったことは、今までになかった。

今回もおでかけのプランは係長が立ててくれていた。メールでリクエストを聞かれたので【この前みたいに、癒されるところがいい】とだけ言った。だから、どこへ連れて行ってくれるのか、まだわからない。

車で三十分ほどかけて到着したところは、大きなドーム型をした建物に「熱帯植物園」という看板を掲げているところだった。周辺にも、公園があったり大きな川が流れていたりと、自然が多い。

「わっ……大きい。わたし、植物園って初めてです」

車から降り、大きな建物を見ながら明るい声で言う。無理にでも声を出していないと、嘘をついている自分に嫌気が差しそうだった。

「俺も初めてだ。きみのリクエストを聞いて、癒されるなら緑かと思ったんだ」

「なんだぁ、意外と単純なんですね」

わたしが笑いながら言うと、係長も自嘲気味に笑った。

「そうなんだよ。けど、俺の難しそうな顔に騙されて、みんなそうは思わないらしい。それじゃあ、中へ入ろうか」

係長に促され、植物園のチケットを買いに行った。

植物園の中は「熱帯」と看板に書いていただけあって、南国の雰囲気が漂っている。色鮮やかな花々が育てられ、バナナの葉で作った小屋もあった。都会から隔離されたような空間に、すっかり身も心も癒されていく。

係長の隣にいられて楽しいし、幸せ。

心からそう思うのに、いつも寂しさがつきまとう。

「——さん、カオリさん？」

植物園から出て、心ここに非《あら》ずと言った状態で車へ乗りこむと、係長に声をかけられた。

「えっ!? あっ……はい？」

まずい……。聞いてなかった！

ハッと気づいて係長の方へ顔を向けると、彼は目を丸くして、じっと見つめてきた。

こちらの様子をうかがっているのがわかる。

「あ……いや、ここを出たらお茶でもしようかって」

「ちょっと小腹がすきましたもんね」

「それから少し車を走らせて、ご飯でも食べに行こうか……と」

「はいっ。お願いします」

係長に心配させてはいけない。笑顔で大きくうなずくと、彼はしばらくわたしを見たあと、車を発進させた。

植物園を出て、近くのこぢんまりとしたカフェに寄る。店内はすいていて、窓際の席に案内された。

夕焼けに染まる街並みを見て、息をつく。メニュー表をめくると、美味しそうなケーキの写真が載っていた。

けど、あんまり食べたいと思わないな……。

「……カオリさん」

「は、はいっ」

向かいに座っていた係長に呼ばれ、メニュー表から目を離す。係長は、なぜか不安そうに眉を寄せていた。

「今日は、あまり楽しくなかったかな？」

「そ、そんなことありません。どうしてですか？」

「きみが、無理をしているように見える」

係長は、わたしが無理に明るく振る舞っていたことに気づいていたようだ。楽しくなかったわけじゃない。むしろ、一緒にいるだけで満足なのに……。

「あ……実は、朝から体調がよくなくて。でも、もう大丈夫なので」

「なんだ、そうだったのか！　無理はしないほうがいい。今日はもう帰ろう」

「ま、待ってください。ホントに大丈夫なのでっ」

係長はまだ何も頼んでいないのに、席を立ち上がる。わたしが慌てて引き止めると、彼は訝しげな視線を送ってきた。

「強がらなくていい。それともまた、俺の迷惑になる、とか考えているのか？」

「ち、違います。本当に、もう大丈夫なんです」

「本当に？」

「はい！　今なら、大盛りのオムライスが食べられそうです」

メニュー表に載っているオムライスを指さすと、係長はやっと納得したように腰を下ろした。

「……わかったよ。けど、オムライスはやめて、もっと身体に優しいものにしたほうがいい」

「はい……」

係長が温かい飲み物が載ったページを開いたので、わたしはレモンティーを頼むことにした。


「じゃあ、今日はゆっくり休んで」

体調が悪いなんて言うんじゃなかった。せっかく、夜ご飯も食べられるはずだったのに、早い時間にマンションへ送り返されてしまった。

「今日は、本当にありがとうございました。おやすみなさい」

帰りたくないと思いながらも、お礼を言って車のドアに手をかけると。

「あのっ、カオリさん」

「はい？」

係長に切羽詰まったような声で呼び止められる。振り返ると、彼は何か言いたげな表情でこちらを見ていた。

「俺と付き合ってくれないか？」

「えっ……」

突然の言葉にドキリと胸が跳ねる。

付き合う？　わたしと係長が？

遊びに誘ってくれたことから好意を持ってくれているのはわかっていたけど、交際を申しこまれるとは思っていなかった。

わたしがうろたえていると、係長が言葉を足した。

「言っておくが、買い物に付き合ってほしいとか、美術館へ付き合ってほしい、という類《たぐい》のものじゃない。カオリさんと、恋人として付き合いたいんだ」

「恋人として……」

付き合えるものなら付き合いたい。だけど、偽りの姿では恋人として深い関係になれない。メイクやウイッグを取れば……係長が好意を抱いた〝カオリ〟じゃなくなってしまう。

そんなこと、最初から全部わかっていたはずなのに……。

麻子にだって、注意をされていた。ついに、自分の感情を抑えられずにいたツケがきたのだ。

「返事は、今度会った時で構わない。ほら……まだ、お礼をしてもらっていないし」

係長がミュールのお礼の話を持ち出すのは初めてだった。この場で断わられると思っているのかもしれない。

「ありがとうございます……では、その時に」

今、断ることだってできるのに、それができない。自分の弱さを痛感しながら、もう一度だけ一緒にいたいと思った。


月曜日。週の始めからぼんやりしていてはいけないとわかっているのに、係長と恋人として付き合うにはどうしたらいいだろう……と、そんなことばかり考えていた。

〝カオリ〟としては断り、〝詩織〟として近づく……それが一番かもしれない。

ただ〝カオリ〟と出会う前の係長は、とてもじゃないけど食事や遊びに誘える雰囲気ではなかった。

連絡先を聞くところから始めるなんて、できるかな。それより、わたしはアドレスも番号も変えなくちゃいけないんだ。マンションはどうしよう……。

次々に浮かび上がる問題。それならば、いっそ正直に話したほうが……。

同じことをグルグルと考えてしまう。そんなことに頭を使っていたせいか。

「加藤さん、ここの数字が違う」

「きゃっ……」

係長がそばにいたことに気づいていなかった。書類を差し出されて、声を上げる。

書類は消耗品の購入要求書で、武田さんに頼まれてわたしが作成した物だった。

まだ自分の仕事も片づいていなくて、頭も働いていない状態。じっくり作成する余裕がなかったけれど、入力するだけだと思い、手早く作って経理課へ提出していた。

「すっ……数字、ですか？」

「ここだ。どうして違うのか、わかるか？」

「あ……計算式が入ってなかったのかもしれません」

「見直しをしなかったのか？」

「はい……」

「どんな書類も見直しをしてから提出してくれ」

「……すみませんでした」

肩を落として謝る。簡単な仕事ひとつまともにできないのに、係長はこんなわたしを好きになってくれるだろうか。

息をついて書類の再作成に取りかかろうとすると、まだそばに立っていた係長が口を開いた。

「仕事の量が多くなると、必然的にミスをする確率も多くなる。それは、わかっているから」

「え……？」

「だが、気は引き締めてくれ」

係長は、わたしが武田さんから仕事を押しつけられていることを、知っていたのかもしれない。席へ戻る係長を見ながら、目の奥が熱くなる。泣いてしまいそうだった。

今の優しさは〝カオリ〟に向けられたものではなく、〝詩織〟に向けられたもの。

そう思うと、同じ係長からの優しさなのに、〝カオリ〟でいる時より数倍……数十倍、嬉しく感じた。

昼休みに入り、事務室にはわたしと監理部の電話当番の人以外、誰もいなくなった。今日の総務部は、わたしが電話当番だった。

仕事も溜まっているし、ちょうどよかったかも……。

コンビニで買ってきていたサンドウィッチを頬張り、仕事の続きをする。お弁当は、今日も作る気になれなかった。

監理部の人は、早々にご飯を食べ終えると、座った姿勢のまま頭をうなだれている。電話をかける人も気を遣ってくれているのか、昼休み中は電話がかかってくることが少なく、とても静かなので、昼寝には絶好の時間だ。

わたしのキーボードを打つ音だけが響いていると、静まり返った事務室にドアの開く音が聞こえた。

「加藤さん」

弾むような声で、ひょっこりと顔を覗かせたのは、上川くんだった。手にはコンビニの袋を持っていて、こちらに歩いてくるたびに、それが揺れてガサリと音をたてる。

「上川くん、お疲れさま。どうしたの？」

「いえ、食堂へ行ったら大久保さんの姿はあったけど、加藤さんがいなかったので、電話当番かなぁ……と思って、遊びに来ました」

「遊びに、って……わたしに何か用があるの？」

上川くんに頼まれるような仕事はあったかな……。

考えていると、上川くんは持っていた袋を持ち上げ、小首をかしげた。

「用っていうわけじゃないですけど……ここで、昼飯食べてもいいですか？」

「食堂まで行ったのに、食べて来なかったの？」

「加藤さんがいないなら、食堂にいる意味がないじゃないですか」

上川くんは困ったように苦笑する。社交辞令だとわかっていても嬉しくなり、わたしの頬はゆるんだ。

「えー、嬉しいこと言ってくれるのねぇ。でも、ホントはわたしと一緒で、仕事が溜まっているんでしょ？　それなら、営業部に戻ったほうがいいよ」

「違いますよ。加藤さん、いっつも俺の言うこと、冗談で流すんだから」

上川くんは少し頬を膨らませた。それから「まぁいいか」と諦めたように呟くと、コンビニの袋をあさりだした。

「これ、よかったらどうぞ」

差し出してくれたのはカップに入ったスイーツだった。プリンの上に生クリームがたっぷり乗っていて、さらにフルーツまで盛られている。

「そんな、もらえないよ」

「もらってください。つい買いすぎちゃったんです。はい、これスプーンですよ」

「あ、ありがとう……」

強引にデスクへ置かれたので、有り難くいただくことにする。ちょうど食後のデザートに、甘い物が食べたいと思っていたところだったので、嬉しかった。

「加藤さんはいつもここで仕事してるんですよね」

上川くんは武田さんの席に座り、興味深そうにこちらを見つめてくる。本当にここで食事をするつもりなのだろうか。

「あの、上川くん……営業部に戻らなくていいの?」

「もうちょっと加藤さんを見たら戻ります。あ、そうだ。食事の計画を立てましょう」

「食事?　ああ、名刺のお礼ならこのプリンで充分だよ」

「ダメです。俺の気が収まらないから」

「そ、そうなの?」

結構、義理堅い性格なんだ。

上川くんの律義さに感心しながら、プリンを頬張る。

「美味しいですか?」

「うん、美味しい。ありがとう」

にっこりと微笑んでたずねてくる上川くんに、お礼を言う。

口の中に広がる甘さを噛みしめていると、総務課の電話が鳴り響いた。

「はい、総務課です」

電話の相手は人事部の人で、部長宛の電話だった。しかし、まだ部長はお昼から帰ってきていない。その旨を伝えようとした時、事務室のドアが開いた。帰ってきたのかと思ったけれど、入ってきたのは係長だった。

「申し訳ございません、部長は……」

「カオリさん？」

「——っ！」

係長の呼びかけに、思わず声が出なくなる。〝カオリ〟でいる時は、電話応対の声と同じ、少し高めの声でしゃべっていた。

ついに気づかれた？　会社でバレるなんて……最悪。

背中に汗が流れていく。この場をどうやって取り繕うべきかと考えていると、電話の向こうで「もしもし？」と反応を求める声がした。

「も、申し訳ございません……今、昼休みで外に出ておりまして……」

必死に平静を装い、今度は声を低くして話を続ける。

「ああ……なんだ、加藤さんか。それもそうか……いるわけないよな。馬鹿か、俺は。疲れてるのかな」

係長は思い過ごしだと考えたらしく、眼鏡を取って目頭を指で押さえながら席に着いた。

よかった……こんなところでバレたら、きちんと話すこともできないもん。

「都筑係長、どうしたんですかね？」

わたしが電話を切ると、上川くんが小声でたずねてくる。

「さ、さぁ……変だったね」

曖昧に笑いながらも、心臓は痛いほど音をたてていた。


土曜日。今日も係長と会う約束をしていた。

気がつけば毎週のように会っている。メールは二日に一度くらいだけど、男友達というには頻度が高いと思うし、内容も冗談を交えてくれるようになり、砕けたものとなっていった。

わたしが〝カオリ〟になったからこそ、近づいた距離。そのことをちゃんと説明すれば、このメイクも格好も、騙していたことも受け入れてくれるかもしれない。メイクや髪をセットしてもらっている最中、麻子に相談してそう結論が出た。

係長に返事をする前に、正直に話そう。

準備を整え、いつも係長が迎えに来てくれている場所に行くと、彼はすでに待ってくれていた。前回「付き合ってほしい」と言ったせいか、係長は少し照れくさそうで、なかなか目を合わせてくれない。

「あ、あのっ……都筑さん」

話すなら早目に話したほうがいい。そう思って口を開くと、緊張で顔が強張っていくのを感じた。そんなわたしを見て、係長は表情を曇らせる。

「この前の返事なら……最後に聞かせてほしい。今日だけは、楽しく過ごしたいんだ」

今日だけ……って、やっぱり係長は、わたしが交際を断ると思ってる？

「あ、ちっ……ちが……っ」

断るわけじゃない。でも、わたしの正体を話しても係長はショックを受けるだろう。

それなら、話すのは別れ際がいいかもしれない。

「……では、最後に」

わたしは、係長のお願いを受け入れることにした。

一時間ほど車に揺られ、到着したのは中華街だった。近くのコインパーキングへ駐車し、車から降りると街の喧噪《けんそう》が聞こえてきた。

「一度、カオリさんと食べ歩きをしてみたいと思っていたんだ」

「それ、わたしがよく食べるからですか？」

「いや、いろんなものに興味を示すカオリさんが見たいと思ったんだけど……まぁ、たくさん食べるきみを見たいっていうのもあるかな」

「もう、やっぱりそうなんじゃないですか」

楽しそうに笑う係長につられ、わたしも大袈裟に頬を膨らませて笑った。

「今日だけは……」と言った係長は、あれから普通だった。わざと明るく振る舞うわけでもなく、ただ、今までと同じような態度で会話をし、車を運転していた。それはまるで、今のままが一番幸せだと言われているようだった。

食べ歩きは、わたしの行きたいところばかりへ立ち寄ってくれていた。なのに、支払いはすべて係長。支払いを申し出ても「いいものを見せてもらっているから」と、食べ物を口いっぱいに頬張るわたしを、楽しげに隣で見ているだけだった。

「都筑さんも、もっと食べてください」

「カオリさんが食べているのを見ていたら、それだけでお腹いっぱいになった」

「なら、都筑さんのお腹がすくまで、もう食べません」

「そうか。でも、俺のお腹が減るのを待つのは、無理だと思うよ」

「どうしてですか……あっ！　あの肉まん、美味しそうっ」

「ほら、やっぱり無理だ」

係長は声を出して笑う。結局、肉まんも買ってもらったが、今回は係長も一緒に食べてくれた。

それから多くの人が行き交っている中を、人にぶつからないよう係長に誘導してもらって歩いていると、彼がふと足を止めた。

「……あれが食べたい」

「何ですか？」

ここに着いてから、わたしが食べたい物を挙げるばかりで、係長は何も言わなかった。係長の視線の先をうかがうと、ハリネズミの形をしたカスタードまんが売られていた。手の平サイズのそれは、できたてらしく、ホカホカと湯気を立ち昇らせている。

「きみと似ている」

「ペンギンに引き続き……またですか」

「ああ、そういえばそうだな。これから、かわいい物を見ると、すべてきみに見えてしまいそうだ」

係長は苦笑すると、それをふたつ買った。いつもなら嬉しく感じる言葉に、胸がキツク締めつけられる。甘いはずのカスタードまんは、口の中で苦く崩れていった。

中華街から離れると、通りをブラブラと歩き、海が見えるレストランでご飯を食べることとなった。

「そういえば最近、きみの上司の話を聞かないけど、どうなった？」

係長はナイフとフォークで牛肉を切り分けながら、なにげなく聞いてくる。

「え、上司ですか……？」

「俺と似ていると言っていた上司だよ。前に、優しくしてくれたって言っていただろ？」

「あ、あぁ……はい。今は随分と性格が丸くなっていて、この前も優しい言葉をかけてもらって……泣きそうなほど、嬉しくなりました」

わたしの正体をバラせば、この上司のことは自分のことだったと気づくだろう。

最初に散々な言い方をしたから、それはちょっと怖いかも……。

係長に話すかどうか些細なことで心は揺れるけれど、何度も悩んだ末に話すと決めた。その決意は固い。

どうか、係長が受け止めてくれますように。

そればかりを願って、料理を口へ運んだ。

レストランから出ると、近くにあった海沿いの公園を歩いた。街灯が道を照らし、港を行き交う船が見え、秋めいた潮風が髪を撫でていく。

「来週、社員旅行があるんだ」

「へぇ……そうなんですね」

あえて「どこへ行くんですか？」と、話を広げることはやめる。自分も参加する社員旅行だから、正体を話したあとのことを考えると、知らないフリをするのはためらわれた。

「今年は、海辺で釣りをするらしい」

「のんびりできるといいですね」

「どうかな。昼間はともかく、毎年、夜はただの宴会になるから」

係長の言葉にわたしは笑った。確かに、わたしが去年初めて参加した時も、夜は飲めや歌えやのどんちゃん騒ぎで、そのまま宿泊するのをいいことに夜中まで盛り上がっていた。今年もそれが繰り返されるのかと思うと、少し憂鬱になる。

それに、係長とはどうなっているかわからないし……。

〝サトウカオリ〟が〝加藤詩織〟であることを告げたあとの、係長の反応が全く予想できない。社員旅行が楽しいものとなるか、苦しいものとなるか、それも今日決まる。旅行が終わるまで返事を待ってもらうのも考えたけれど、今朝迎えに来てくれた時の係長を見て、引き延ばすのも申し訳なくなった。

わたしが悩んでいた間、係長もずっとドキドキしていたはず……。だから、今日こそ話そう。でも、いつ話したらいいかな。そろそろいいかな……それとも送ってもらった時のほうが……。

タイミングを見計らっていると、頬にポツリと冷たいものが落ちてきた。

「……雨？」

「本当だ。まずいな、駐車場まで少し距離がある。どこかコンビニで傘を……」

「これくらいなら傘は大丈夫です！　走りましょうっ」

「え、ちょっと……カオリさんっ」

小雨なら、駐車場へたどり着くまであまり濡れないと思う。わたしが駆けだすと、係長もすぐあとを追いかけてきた。

けれど、雨はしだいに激しくなり、駐車場へ着くころにはふたりともびしょ濡れになっていた。持っていたミニハンカチじゃ、濡れた身体を拭ききれない。

「すみません、わたしが走ろうって言ったばかりに……」

自分が濡れるのは構わないと思ったけど、それによって車の座席が濡れてしまうことを考えていなかった。

「いや、気にしなくていいから。それより、風邪をひいたら大変だ。カオリさんの家より、俺の家のほうが近いから寄っていかないか？」

「で、でも、そんな迷惑を……」

「迷惑じゃないから。あと、やましいことも……考えていないから」

係長はわずかに頬を赤らめると、車を発進させた。


車で三十分ほどかけて着いた係長のマンションは、オートロック式で洗練されたシンプルな造りだった。エレベーターへ乗りこみ、係長が五階のボタンを押す。わたしはその間、ずっとうつむいていた。緊張もあったけれど、それ以上に、係長に顔を見られたくなかった。

ど、どうしよう……これだけ雨に濡れたってことは、メイクも崩れてるよね……。

普段スッピンでいるから、濡れたらメイクが崩れるということを、すっかり忘れていた。しかもウイッグで頭が蒸れて、気持ち悪いし、かゆい。

う ー……ウイッグ外したい。頭、かきたい……けど、ずれちゃったら困るし。

指先でチョイチョイと頭をいじっていると、エレベーターが五階に到着する。係長は「開」のボタンを押しながら、クスリと笑った。

「髪型、せっかく綺麗にしていたのに、崩れてしまったな。部屋に着いたらすぐにタオルを出すから。温かい物でも飲もう」

「あ、ありがとうございます」

そしてエレベーターから降りると、係長が先を歩きだした。焦げ茶色をした同じドアが五つほど並んだ中、係長は一番奥にあるドアの前で足を止める。

車の鍵もつけているキーケースから、ひとつ鍵を選び、ドアのロックを解除した。

「ここなんだ。申し訳ないけど、ちょっとだけ待っていてくれないか」

「は、はい」

振り返る係長の顔を見られず、うつむいたままうなずく。係長がドアの向こうへ消えると、息をついた。

まだバレていないみたい。……だけど、部屋に入って落ちついたら、わたしが〝加藤詩織〟だって言おうかな。そうしたら、ゆっくり話し合えるし。

話すタイミングを考えていると、ドアの向こうから、ドタバタと騒がしい音が聞こえてきた。音が止まったと思ったら、目の前のドアが開く。

「お、お待たせ……どうぞ」

「ありがとうございます。では、お邪魔します」

頭を下げて、玄関へ入る。靴は整頓されていて、玄関マットも敷いてあった。

「すまない。人を呼んだことがないから、スリッパがないんだ」

「いえ、結構です。綺麗にされているんですね」

二DKの部屋は、玄関を入るとすぐにダイニングキッチンがあった。片づけられていて、ひとり分の食器が整然と並んでいる。あまりジロジロ見てはいけない、と思いつつも、物珍しくてつい部屋の中を見渡してしまっていた。

あそこでいつもテレビ見てるのかな……じゃあ、もうひとつは寝室……ん？

ふたつある部屋のうち、ひとつは扉が開いていて、テレビとソファが見えた。けれど、もうひとつは閉じられている。しかも、ドアの隙間から白い布が出ていて、思わず食い入るように見てしまっていた。

「スリッパはないけど、タオルなら何枚でもあるから遠慮なく使ってくれ。ちゃんと洗濯もしている……あっ」

洗面所のほうから、タオルを持って戻ってきた係長は、わたしの視線の先に気づき、慌ててその前に立った。

「こ、これは……昨日の服を脱ぎっぱなしにしていたから、さっきこの部屋に放りこんで……って、そんなことはどうでもいいな。早く身体を拭いたほうがいい」

「た……助かります。あ、洗面所をお借りしていいですか？」

「ああ、もちろん。それに、カオリさんが気にしなければ、シャワーと乾燥機を使ったらいい。俺のものでよければ、ジャージを用意するから」

「ありがとうございます」

わたしは係長からタオルを受け取ると、洗面所へ入った。

き、緊張する……。

一本だけの歯ブラシや、洗顔用品が並んでいる白い洗面所で、大きく息を吐き出した。正直に話すという緊張感もあったのに、今は係長の家にいるということで、さらなる緊張感に襲われている。

とりあえず、今の自分の状態を確認しないと……。

「あ……やっぱり、メイクが落ちてる」

どんな顔になってしまっているのか、鏡を覗きこむと、つけまつげはなんとかついているものの、アイラインもシャドウも薄くなっていた。ほぼスッピンとなってしまった顔に、もうこのままウイッグを取って、係長に〝加藤詩織〟の姿をさらしてしまえばいいのかと思う。

「そっか……今こそ〝サトウカオリ〟が〝加藤詩織〟だと、言うべき時……」

そう思い、ウイッグに手をかけていると。

「カオリさん、ちょっといいかな？」

「は、はいっ」

洗面所の扉をノックされ、わたしは反射的にウイッグへ伸ばしていた手を引っこめた。

「すまない。ドライヤーが引き出しに入っているんだけど、言っていなかったと思って。入っていいかな」

「あっ、は……はい。どうぞっ」

ドアが軽く開かれ、係長が顔を覗かせた。

「あれ、ちゃんと拭いた？　まだかなり濡れているみたいだけど」

「ふ、拭いてますっ」

濡れているのを見られるのがなんだか恥ずかしくて、どぎまぎしながら答えると、係長は怪訝な顔をして中へ入ってきた。

「返事はいいけど、かなり水が滴っているぞ。見ていられないな」

「え……？　あっ」

係長は新しいタオルを取ると、わたしの頭にかけた。そして、力をこめてガシガシと拭き始めた。

ま、まずい……ウイッグが……っ！

「つ、都筑さん。あのっ……」

「いいから。なんだか、雨に濡れた子猫を拾った気分だ」

係長は呆れたように笑いながら、楽しそうに言う。

「て、手を……んっ」

手を止めてほしいのに、頭が揺れてうまくしゃべれない。しかも、濡れた首筋にタオルがあたり、くすぐったい。思わず肩を震わせて、小さく声を漏らしてしまった。

「……カオリさん」

「は、はい？」

係長に呼ばれ、タオルの隙間から上目でたずねる。

「すまない、理性が飛んだ」

係長の声音が、甘く低いものへと変わった。

「つづ……ん……んんっ」

係長の顔が目の前に……と思った瞬間、唇に何かが触れる。やわらかで温かなそれに、思考が真っ白になった。

な、何これ……キスしてるの？　わたしと係長が!?

ウイッグは取れそうだし、急にキスはされるし、頭の中は混乱していた。

は、離れなくちゃ。でも、力が入らない……。

初めてのキスに、身体の芯が火照りだす。膝の力が抜けてしまいそうになり、係長の腕を持った。手にギュッと力を入れると、引き寄せるような格好になってしまう。

係長は、わたしがキスを受け入れたと感じたのか、唇を割って舌を挿し入れてきた。

「ふぁ……ん……」

舌を擦られ、感じたことのない刺激に背筋が震える。

「カオリさん……」

係長がわたしを求め、後頭部に手を回してキック引き寄せた――瞬間。

「あっ……！」

「なっ……なんだ、これはっ」

タオルとともに、ウイッグが取れてしまった。係長は手に持っている栗色のウイッグを見つめ、茫然としている。

まさか、こんな状況でバレるなんて。

「あのっ、都筑係長！　わたし……」

「係長だと？　あっ、きみは……！」

ウイッグが取れたわたしの顔を見て、係長はハッと目を見開いた。

「……加藤さん？」

「は……はい」

か細い声しか出ず、係長の顔を見られずにうなずく。

責められるのが怖い。正直に話す覚悟ができたつもりでいたけど、全くできていなかった。

「どういうことだ……!?　カオリさんは？　さっきまで一緒だったのに。なんできみがここにいるんだ。しかも、同じ服装で……。カオリさんはどこへ行ったんだ!?」

動揺している係長は声を荒げ、わたししかいない脱衣所をキョロキョロと見ている。

「係長……わたしが、サトウカオリなんです」

〝カオリ〟を探す係長に追い討ちをかけるみたいで辛い。か細い声じゃ伝わらないと思い、ゆっくりと言葉をつむいだ。

「きみがカオリさん？　言っている意味がわからない」

係長は眉をひそめ、聞き返してきた。彼の反応はもっともだと思う。もっと落ちついた状況で話したかったけど、バレてしまったなら仕方がない。わかってもらうために、どうやって説明しようかと考えて、口を開いた。

「すみません、騙すつもりはなかったんです。一也さんと麻子がセッティングしてくれた紹介で、係長に彼氏を探しているなんて知られるのが恥ずかしくて、それで……こんな変装みたいなことをしてしまって」

「待ってくれ。じゃあ、俺がずっと〝カオリさん〟だと思って接してきた人物は、本当は〝加藤さん〟だったということか？」

すべてを理解した係長は髪の毛をクシャリと掴み、「信じられない」とばかりに首を振ってうつむく。

「そうです、わたしです。一緒に映画を見たのも、水族館へ行ったのも、植物園へ行ったのも……今日、食べ歩きしたのもわたしです、加藤詩織なんです。でも、本当に騙すつもりはなくて……」

係長には理解し難いことだとわかっているし、現実を突きつけるのは心苦しい。だけど、受け入れてほしい。……わたしには、変わりないのだから。

「騙すつもりはなかった……だと？」

顔を上げた係長が、まっすぐにわたしを見てきた。眼鏡が照明でギラリと光り、瞳の鋭さに息が止まりそうになる。

「……ふざけないでくれ」

係長の怒りをにじませた声が、背筋が凍りつきそうなほど耳に響いた。

「ふ、ふざけているわけでも、係長を弄《もてあそ》んだわけでもありません。それに性格は偽ってません。わたしがメイクをして、髪を伸ばせば〝カオリ〟になれるんです」

わかってもらいたい。その気持ちで話したが、係長の表情は一向に厳しいままだ。

「そういう問題じゃない」

「っ……！」

強く言われ、身体がビクリとすくむ。係長のウイッグを持った手はわなわなと震えていた。

「職場と違う俺を見て面白かったか？　厳しい上司って、俺のことだろう。言いたいことを言って、スッキリできたか？」

「ち、ちが……っ」

「俺は……ずっと騙されていたんだ。嘘をつかれて、気分のいい人間がいると思うか？」

都筑係長の顔が、醜《みにく》く歪む。そんな顔をさせたくないのに、係長はわたしの話に聞く耳を持ってくれない。

「黙っていたことも、厳しい上司だと言ってしまったことも、申し訳ないと思っています。でも、わたしの話を……」

「話なんて聞きたくない」

係長はわたしの語尾にかぶせて拒否してきた。

「都筑係長……っ」

どうしても、少しでもいいからわかってほしい。すがりつきたい気持ちで係長を見つめるが、彼はわたしを見てくれず、足元に視線を落とした。

「これだから、女は……信じても、やっぱり裏切る」

眼鏡の奥の瞳が、どこか寂しげに光っている。

「……やっぱり？　どういうことですか？」

「きみに関係ないことだ」

「関係あります。わたしが係長を騙したくて、嘘をつき続けたわけじゃないと、わかってほしいんです」

一歩前に踏み出して距離を詰めると、係長に身を引かれて同じ距離を空けられてしまう。

「俺は理解できないと言っている。だから、帰ってくれ」

「係長、聞いてくださいっ」

もう一度詰め寄ると、今度はうつむいていた顔を背けられ、さらに拒絶を露わにされてしまった。

「帰ってくれ。お願いだから……カオリさんの格好のまま、係長と呼ばないでくれ」

受け入れを拒否するように、ウイッグを差し出してくる。うなだれた姿を見て、今日は話し合える状況じゃないと思った。

係長はわたしに対してというよりは、女性に対して猜疑心《さいぎしん》を抱いている……。それはもしかすると、一也さんが言っていた「トラウマ」と関係しているのかもしれない。

本当はこのまま引き下がりたくないけど、うなだれている係長を見ると強く言えなかった。

もう二度と向き合ってくれなかったらどうしよう。それは嫌だけど、そうなったら係長と付き合うことは諦めるしかない……。

「わかりました、帰ります……タオル、ありがとうございました」

ウイッグを受け取り、自分が持っていたタオルを返した。足元に置いていたバッグを取って、玄関へ向かう。濡れていたはずのパンプスは表面が拭き取られ、中には新聞紙が詰められていた。いつの間にか、係長が処置してくれていたようだ。〝カオリ〟へ向けられた優しさだというのに胸が震える。

係長のこと、諦められるのかな……。

パンプスから新聞紙を抜き取り、部屋から出ていこうとドアを開ける。まだ雨は激しく降っていた。もう一度濡れる覚悟を決めて、外へ出ようとすると。

「これを」

いつの間にかそばに来ていた係長が紺色の傘を一本、差し出してくれた。

「でも……」

「風邪をひいたら、困るから」

その優しさが、残酷であると係長は気づいていない。

〝カオリ〟への優しさを感じただけで、諦められるのだろうかと辛くなったのに、〝詩織〟だと知られた状況で心配されると、ますます諦めがつかなくなる。

「……では、お借りします」

「いや、返さなくていい」

わたしの顔をいっさい見ずに告げる係長に、高い壁を作られたようで寂しくなる。

「失礼しま……っ」

満足に挨拶もできないまま、わたしは部屋を飛び出した。雨ではないもので視界がにじみ、噛みしめた唇が震えた。

駅まで着くと、トイレに入ってウイッグをかぶり直した。やっぱり、麻子がしてくれたみたいに自然にはできなかったけど、家に帰るまでならとりあえずこれでいい。それに、傘を持っているのに全身がびしょ濡れのわたしは、傍から見たらそれだけでかなり変だろう。だけど、そんなことはどうでもよかった。係長に受け入れてもらえないことが、一番辛かった。

五章：過去と嫉妬

翌日。鏡を覗くと目も当てられないほどの顔をした自分がいた。帰ってからひと晩中泣いていたせいで、まぶたが腫れている。

冷やしたら、夜までに引くかな……。

昨日、係長に受け入れられなかったことが辛くて、ひとりでは耐えられず、麻子に電話をした。そうしたら今日の夜、一也さんと一緒に会ってくれることになった。一也さんには麻子から事前に説明をしておいてもらう。

係長について、何かわかったらいいけど……。

濡らしたタオルを目に押し当てながら、係長の歪んだ顔を思い出していた。

ふたりとは二十時から、麻子の職場の近くにある居酒屋で会った。サラダや揚げ物など、テーブルには美味しそうな料理が並んでいるけど、食欲がなくて手をつけられない。ふたりもわたしを気遣ってか、あまり箸が進んでいないようだった。

「女の子って、結構変わるんだね……」

向かいに座った一也さんが、スッピンで黒縁眼鏡をかけ、ウイッグをつけていないわたしをしげしげと見ながら呟く。

「すみません、一也さんにも嘘をついて……」

「いや、俺はいいんだけどさ。職場の人に、彼氏探しているなんて知られたくないと思うし。その場しのぎの嘘なら、俺だっていっぱいついてきたから」

そう言いながら、一也さんは苦い顔をしてビールを口へ運ぶ。

「ただ、征一郎はそういうところ、すごく潔癖なんだよ。悪いやつじゃないし、相手の気持ちを理解できないやつでもないんだけど、嘘とか、隠し事とか……それだけは許せないみたいなんだ」

一也さんの言葉に胸が痛くなる。その許せないことをわたしは係長にしてしまった。

わたしが黙りこんでいると、一也さんの隣に座った麻子が口を開いた。

「でも、一也だって……都筑さんを呼び出すのに、詩織を紹介すること黙っていたんでしょ。それは許されるの？　都筑さんの中では、大した嘘じゃなかったってこと？」

「いや、次の日にこっぴどく怒られたんだよ。『今度、嘘をついたら縁を切る』って。けど、一度の嘘で絶交までいかなかったのは、俺がいい加減なやつだって諦めている部分もあっただろうし、やっぱり友達として付き合ってきた年数もあったからかな」

一也さんの嘘にも、厳しい係長。それなら、わたしが受け入れられないのは、仕方がないのかもしれない。

そう思って落ちこんでいると、一也さんがこちらを見て、優しく微笑んでくれた。

「それに、詩織ちゃんのおかげもあったんだと思う」

「わたしの？」

「怒り終えた征一郎に『いい子を紹介してくれたことは感謝している』って言われたんだ」

「そんな……」

嬉しい。けれど、そう思ってくれていた係長の気持ちを踏みにじってしまった。申し訳なさに胸が痛む。

「だからこそ、かな……」

「どういうことですか？」

「詩織ちゃんを大事にしたいと想い始めた時に、嘘をつかれていたことがわかって、ショックだったんだと思うよ。征一郎、五年前にも、婚約していた彼女にずっと嘘をつかれてたことがあってさ。女性に対してちょっとトラウマを持ってるみたいだから」

「トラウマ……」

わたしが呟くと、一也さんは小さくうなずいて、ゆっくりと話し始めた。

「征一郎が営業部にいた時の話だよ。取引先の社長に娘さんを紹介されたらしいんだ。征一郎は嫌がってたんだけど、大きな取引先だから、紹介を断ることができなかったんだって。それで会って、何回かデートするうちに、アイツも好きになって……で、お互いに結婚を考えるようになったらしい」

乗り気じゃない紹介から、重ねたデート……なんだか係長と〝カオリ〟みたいだと思った。

「けど、式の日取りも決まったある日、彼女が姿を消したんだ」

「え……ど、どうしてですか？」

「実は彼女には、征一郎を紹介される前から、付き合っていた男がいたんだ。その男っていうのが、何人も彼女がいるようなホストで。彼女の父親である取引先の社長は、娘が遊ばれているんじゃないかと心配したらしい」

「それで……営業で来ていた都筑係長を紹介して、結婚させようとしたんですか」

「うん。真面目な征一郎なら娘を任せられるし、世間体のためにもピッタリだと思ったんだろう」

係長の仕事ぶりを知る人なら、難しい人でも気に入ると思う。

「でも、婚約まで成立していたっていうことは、その子も都筑係長に対して好意を寄せていた……っていうことですよね？」

「それが、その娘には『征一郎と結婚すればホストとの遊びも認める』って条件を出していたらしい。もしかしたら父親は、征一郎と疑似でも付き合えば娘が目を覚ますんじゃないか……なんて思っていたのかもしれないな。だけど目を覚ますことはなく、娘はホストにハマり続けた。彼女は社長が出した条件を飲んで、征一郎を落とすために本性を隠して純情なフリをして、彼氏なんていないと嘘をついて……。でも、最後の最後で好きな人と一緒になりたいって思ったみたいで、ホストと駆け落ちしたんだってさ。結局、三ヵ月で破局して、家には帰ってきたらしいけど」

一也さんは、やるせなさそうに息をついた。

将来を約束した人に裏切られ、ひとり残された係長の気持ちは、どんなものだったのだろう。きっと腹立たしいし、どうしようもない絶望に襲われたはず。それに、係長なら自分に非があったのではないかと責めてしまいそうな気もする。

彼のことを考えると、胸が締めつけられた。

それから係長は、取引先と気まずいからと言って、異動願いを出したらしい。すべてを知った営業部長や同僚も、「担当から外すから営業部にいてほしい」と引き止めたが、部内で気遣われるのが嫌で、彼はそれを断ったようだ。

「都筑さんのことはわかったよ……でも、それと詩織のことを一緒にしないでほしい」

一也さんの話をじっと聞いていた麻子が、怒ったように口を尖らせた。

「詩織は浮気じゃなくて、ちゃんと理由があったのに。ちょっとくらい理解してくれようとしたっていいと思う。詩織……すごく悩んでたんだから」

「麻子……」

味方をしてくれる麻子に、胸の奥がジンと熱くなる。怒る麻子を見て、一也さんは困ったように首裏をかいた。

「それは……俺だって、そう思うんだけど。征一郎、大学で出会った時から、女性不信みたいなところがあったんだ。アイツから直接聞いたことはないけど、トラウマは五年前のことだけじゃない気がするんだよなぁ」

それはもしかしたら、わたしでは手に負えないようなことなのかもしれない。

過去があったからこそ、今の係長がいる。それはわかっているけど、トラウマが原因で拒否されるのは、わたし自身を見てもらえていないみたいで悲しくなる。話さえ聞いてもらえないのは、身を引き裂かれそうなほど辛い。

でも、係長がトラウマさえ乗り越えれば、わたしを見てくれるかもしれない。そうしたら、好きになってもらえる可能性だってあるということ。

それに、心の底から彼のことをもっと知りたい、助けたいという気持ちがわき上がってくる。ふたりと別れる時、係長を諦めようという考えはなくなっていた。


月曜日になるとまぶたの腫れは引いていた。

……嫌われたかもしれない。

そう考えると係長に会うのが怖くなる。でも、このまま向き合えないほうがずっと辛くて苦しい。だから、逃げたくない。

出勤すると、係長はすでに仕事を始めていた。

「お……おはようございます」

ちゃんと挨拶を返してくれるだろうか。緊張と不安で声が震えた。

「おはよう」

係長は抑揚のない声で挨拶を返してくれた。それはいつも通りのもの。でも、きみとは何もなかったと言われているような気もして、嬉しさと寂しさで息が詰まりそうだった。

今日は経理課と関わる仕事がない。係長のことを気にしすぎないよう、夢中で目の前の仕事を片づけているうちに、いつの間にか昼休みとなっていた。九月も下旬となれば、食堂の蒸し暑さはなくなり、快適に過ごせるようになっていた。だからか、心なしか人が多くなったように思う。

奥のほうにふたつ空いている席をなんとか見つけ、美穂と向かい合わせに座った。

「今日の係長、すっごい変なんだけど」

腰を下ろした途端、美穂がため息混じりに言った。意外な言葉に驚き、うつむけていた顔を勢いよく上げて美穂を見る。

本当は少し、この前のように落ちこんでいてくれることを期待していた。だけど、ゴミ箱でつまずくこともなければ、ミスをしている様子もない。だから、完全にわたしのことなんて吹っ切れてしまったのだと思っていたのに。

「変って……どんなふうに？　わたしにはいつも通り仕事をしているように見えたけど」

「わたしも普通だと思ってたのよ。でも係長が、事務室から出た途端、ドアの前で、風船の空気が抜けたみたいにしゃがみこんでたの。わたし、トイレから戻る時に見ちゃってさぁ」

「事務室を出た途端……」

わたしが見えないところで落ちこんでいる……とか？　でも、そんなわけないよね。

心のどこかで期待してしまう自分を、必死に抑えこむ。

「しかも、座りこんだあと頭を抱えだして……調子が悪いのかと思って、声をかけようとしたら、急にシャキッと立ち上がって歩きだすし……わけわかんないよ。ねぇ、係長と何かあったの？」

美穂が心配そうに見つめてくる。わたしは小さくうなずくと、肩をすくめた。

「実は……ついに正体がバレちゃって」

「えぇっ⁉　バレた、っていうことは……話した、っていうことじゃないんだよね？」

「うん、雨に濡れてメイクが取れて、ウイッグもずれて……それで、バレちゃった」

「なんて、間抜けなバレ方……」

美穂は呆れたように息をついて、うなだれてしまった。確かに言葉にすると間抜けだけど、キスなんていうロマンチックなこともあった。

……恥ずかしくて、まだ誰にも言えてないけど。

「それで、係長はショックを受けて、今日は変なんだ」

美穂は顔を上げると、納得がいったようにご飯を食べだした。

「うーん……ショックもあったと思うけど、それよりかなり怒っちゃって。もう、わたしの話も聞いてくれなくて……」

わたしも美穂に習って箸を持ってみるけど、お弁当のおかずをつつくだけだった。

「話も聞いてくれないって……そりゃ、嘘をつかれて怒るのはわかるけど、付き合いたいと思っていた人を、そうやってすぐに拒絶できるものかな？」

「どうかな……人それぞれ、考え方とか感じ方とかあるし」

係長のトラウマについては、彼のことを考えると美穂には言えなかった。

「今日の様子が変なのって、詩織のことを受け入れようとしてるんじゃないかな？」

「そんなことないと思う……メールの返信もないし」

土曜日も日曜日も、謝罪のメールをしたけど返信はいっさいなかった。受け入れるというより、忘れ去ろうとされている気がする。

食堂でご飯を食べ終え、事務室へ戻る途中、隣で歩いていた美穂に肘で脇腹をこづかれた。

「ほら、詩織っ」

「え？　あっ……」

美穂に小声でささやかれ、前を歩いている人物に気づく。係長だった。

……なんか、フラフラしてる……。

係長は壁にぶつかりそうになりながら、力が抜けたように歩いていた。背を向けているので、こちらには気づいていないようだ。

「お疲れさまです」

美穂が背後から声をかけると、ハッとして振り返り、眼鏡をグイと押し上げた。

「お疲れ」

そう言うと、姿勢を正して歩き、先に事務室へ入ってしまった。

「やっぱり詩織のこと、意識してる！」

「そ、そうかなぁ……」

「そうだよ。だから、弱ってるところを見せたくなくて、詩織の前ではシャキッとしてるんじゃないの」

嬉しそうに言ってくる美穂に、わたしは苦い顔しかできなかった。

意識はしてくれている。だけど、必ずしもそれがポジティブなものだとは限らない。

結局、それから係長と話す機会もなく、メールの返信が来ないまま、社員旅行の日となった。

一泊二日の社員旅行。場所は人口が一万人にも満たない島で、釣りやバーベキューをして楽しむ予定らしい。窓から見た外は快晴、旅行日和だ。

「海辺なら……季節外れでも、いいよね」

準備を終えたわたしは、玄関の前で立ち止まっていた。足元には、履こうと思っていたスニーカーと、係長からもらったミュールがある。服装は、Tシャツにカーディガンを羽織り、デニムというカジュアルなスタイル。どちらかというとスニーカーのほうが合うけれど、ミュールを履いて行きたい気持ちのほうが大きい。

係長に、わたしと〝カオリ〟は一緒だと、わかってもらいたい……。

それでは、根本的な解決にならないとわかっているけど、少しでも心を許してくれればいいな、と思った。

集合場所は、島へ向かうための船が出ている港。そこまでは各自、電車や車で来ることとなっている。ちょうど近くに駅があるので、わたしは電車で向かうことにした。洋服と下着くらいしか入れていない旅行バッグなら、電車でもしんどくはなかった。

駅へ降り立つと、営業部らしき人がいた。港へ向かう後ろ姿を見ながら、知らない人のようなので、声をかけるのはやめる。

今回、旅行へ行くのは総務部と営業部の営業一課。総務部を除いて話をしたことがある人は、上川くんくらいだった。

まだ美穂がいるから楽しみもあるし気がまぎれるけど、そうじゃなかったら、四六時中、係長のことを目で追ってしまいそうだ。

集合時間の十五分前に港へ着くと、チラホラと人の姿が見えた。美穂の姿を見つけて駆け寄ると、総務部の人が集まっていて、その中に係長もいた。

「おはようございます」

挨拶をしながら、両足の爪先をもじもじと合わせる。ミュールに気づいてほしいような、ほしくないような……曖昧な気持ちで居心地が悪い。

「……おはよう」

係長の視線が足元に注がれる。わたしがミュールを履いてきたことに、気づいたようだ。だけど、すぐに海のほうへ顔を逸らし、何も言わなかった。

集合時間になると、カラフルにペインティングされたジェット船が港に着いた。

「船が着きましたよー。みなさん、乗ってくださーい」

今回の旅行の幹事である営業部の人が声を上げる。すると、どこからかワラワラと社員が集まりだし、船が出発する。

島までは二時間弱の船旅。「長い」と悲鳴を上げていた人もいたけど、この島へ行きたいと言ったのが営業部長だとわかると、誰もが口を閉ざした。

一般のお客さんもいるので、オリエンテーリングを行うわけにもいかない。寝る人もいれば、ゲームをする人、お菓子を食べる人……各々好きなように船上での時間を過ごしていた。

「武田さん、気合い入ってるよねぇ」

海が見える席で一緒に座っていた美穂が、感心するように呟く。斜め前の席には武田さんの姿があった。網目の大きなニットに、ショートパンツを合わせている。露出度の高い格好は、営業部の男性を落とすための、気合いの現れだろう。営業部の部長代理もこの旅行に参加しているから、なおさら気合いが入っているようだ。

「この旅行で部長代理を落とせなかったら、他の人を狙うんだって。すごいよねぇ」

美穂は呆れたように言い、お菓子の箱を開ける。

「ホント……そのバイタリティ、少しでもわけてほしいよ」

わたしは係長から、メールの返信をもらえないほど嫌われても、いまだにどうしていいかわからない……。

船が島に着くまで、美穂から勧められたお菓子を頬張りながら、ビジューが輝くミュールをぼんやりと見つめていた。

島へ着くと、ちょうどお昼前だった。大人数でぞろぞろとひと気の少ない浜辺へ向かい、バーベキューを楽しむ。

バーベキューはすべて営業部の人が準備してくれた。炭火のセットを組み立てたり、パラソルを立ててくれたり、食材の準備をしてくれたり……わたしたちは見ているだけでよかった。そのあとは各自、釣りをしたり、ビーチバレーをしたり、島の散策にでかけたり……と、自由行動になった。

「営業部の人、手際よかったね」

「ホント、助かったよねぇ」

わたしと美穂は少し島を歩いたあと、バーベキューをした浜辺に戻り、ビーチバレーで遊んでいる経理課の先輩たちを応援するでもなく、歓声を上げるでもなくただ見つめていた。

「みんな、慣れた手つきだったけど、アウトドアが好きなのかな?」

「はい。営業一課はアウトドア好きが多いんです」

「えっ?」

美穂に問いかけたはずなのに、返ってきたのは男性の声だった。キョトンとする美穂と後ろを振り返ると、にっこりと微笑む上川くんがいた。

「上川くん！」

「おふたりの姿が見えたので、遊びに来ました」

Tシャツにカーゴパンツを合わせ、太陽の下にいる上川くんは、職場にいる時よりさらに爽やかに見える。

「おふたりって……お目当ては詩織でしょ？」

「もう、美穂。何言ってるの」

冗談を言う美穂を咎める。

「バレてしまいましたか」

「か、上川くんまでっ」

つまらない冗談に、乗る必要なんてないのに……。

そう思いながらも、楽しそうに笑う上川くんを見て、心が和んだ。しかし、和んだのも束の間。

「あ、先輩が呼んでる。ちょっと、行ってくるね」

「あ……うん、いってらっしゃい」

ビーチバレーをしていた経理課の先輩が、選手交代と言って、美穂を呼んだのだ。

美穂が去っていくのを見送ると、わたしは上川くんとふたりきりになった。

「隣、座ってもいいですか?」

「ど、どうぞっ」

上川くんは話しやすいけど、場所が会社ではないからか、こうしてふたりきりになるとちょっとだけ緊張する。

「あれ? 加藤さん……緊張してます?」

「し、してないよっ」

からかうように聞いてくる上川くんに、頭をぶるぶると振って返事をする。

「してるじゃないですか。かわいいー」

「か、からかわないでよ」

「本気ですよ。俺、嘘ついたことないですし」

上川くんはにっこりと満面の笑みを浮かべる。爽やかな笑顔を向けられると「すでにそれが嘘でしょ」なんて突っこむ気力はなくなってしまった。

わたしが観念して息をつくと、上川くんは何か思い出したように口を開いた。

「そうそう、俺……加藤さんに聞きたいことがあったんです」

「何?」

仕事のことだろうか。聞き返すと、上川くんは真剣な瞳を向けてきた。

「先週の土曜日、どちらにいました？」

「え……？」

一気に血の気が引いていく。先週の土曜日は係長と会っていた日だ。

な……なんで上川くんが、土曜日のことを聞いてくるの？

動揺で手の平に汗がにじむ。

「俺ん家の近くの駅で、加藤さんらしき人を見ました」

「上川くんの家の近く……？」

「はい。都筑係長も利用されている駅です。たまに電車が一緒になるので、近くに住んでいるみたいなんですけど」

ドクンと心臓が跳ねる。駅ということは、係長の家から帰る時だ。係長と一緒にいるところは見られていない。

「ひ……人違いだよ」

緊張で喉が渇き、声が掠《かす》れた。

「……そうですね。髪型もいつもと違いましたし」

納得してくれたことに安堵する。それと同時に、メイクが崩れているとはいえ、ウイッグをつけていた状態で見抜いた上川くんを鋭いと思った。

「でも、よかったぁ……」

「な、何が……？」

「その女性が、とてもオシャレされていたんです。それなのに、服装とは似合わない、渋い紺色の傘を持たれていたので、てっきりデートの帰りなのかと思って……。でも、加藤さんじゃなくてよかったです」

「そ……そう」

「うわっ、気のない返事。加藤さん、ホント鈍いですね」

上川くんの洞察力に感心するばかりで、彼が大袈裟にリアクションをしてくれているのに、うまく笑えない。

しばらくして美穂がビーチバレーから帰ってきて、上川くんも営業部の人と釣りへ向かう。わたしと美穂はもう一度島を歩き、一時間くらいしてから宿泊先である民宿へ戻ることにした。

夜は去年よりも派手な宴会となった。宴会場にはカラオケがあり、営業部の人たちがアイドルの格好をして歌い踊っている。総務部の人たちも、合いの手を入れたり、モノマネをしたりと大いに盛り上がっていた。

その中で、係長は総務部長や営業部の部長代理たちと、静かにお酒を飲んでいる。

向かいには、部長代理にお酌をする浴衣姿の武田さんが座っているが、係長は目もくれない。その様子に安心する。

……そういえば、係長の浴衣姿、初めて見る……。

係長はお酒のせいか、頬がほんのりと色づき、少し開いた胸元が色っぽい。部長にお酌をする姿が絵になっている。

上川くんに〝カオリ〟の姿を見られて疑われ、見惚れている余裕なんてないのに、つい心が奪われてしまう。

ダメだ。これからどうするか考えなくちゃいけない。

係長から目を離し、料理に手をつけずに悩んでいると。

「おっ、きみは……総務部の子かな？」

「は、はいっ！」

「おお、いい返事だな。飲んで、飲んで」

恰幅のいい営業部長が、ビール瓶を片手にやってきた。わたしのグラスに注いでくれながら、空いていた隣に腰を下ろす。どうやら、いろんな席を回っているようだ。真っ赤になった顔から、随分お酒を飲んでいることがわかる。

「総務の……何さん？」

「加藤です。いつもお世話になって……」

「あー……こんな席で堅苦しい挨拶はいいよ。それより加藤さん……彼氏はいるの？」

「へっ？」

脈絡のない質問に、思わず目を見開いたまま固まってしまう。

「彼氏、いるの？」

「い、いません……」

もう少しで、彼氏になってくれそうな人はいたけど……。

肩を落とし、奥歯を噛みしめる。すると、営業部長は嬉しそうに顔をほころばせた。

「そうか！　なら、いいな」

「え……ど、どういうこと……きゃっ」

どういうことかと聞こうとしたけれど、営業部長に腕を掴まれ、勢いよく引っ張り上げられる。

「ちょっと、こっちにおいで」

「え？　ぶ、部長……っ」

立ち上がると強く引きずられ、落ちそうになる黒縁眼鏡を押さえながら、部長について行く……と。

「都筑くん！　この子、いいぞっ」

……えっ？　都筑係長⁉

「あっ……！」

逃げる間もなく、係長の隣に座らされてしまった。

わたしが突然やってきたことに、係長はもちろん、その周りにいる人たちも驚き、戸惑っている。

「ぶ、部長……何をしてるんですかっ」

焦りながら問いかける係長に、わたしの後ろにいた部長はにんまりと笑った。

「都筑くんにいい子を見つけてきたんじゃないか。どうだ、この子を彼女に」

「か、彼女⁉」

なんてことを言うのかと、つい声を上げてしまう。係長は頭を抱えて、うなだれてしまった。

「余計なことを……。部長、かなり酔われてますね？」

部長と仲がいいからか、係長の言動に遠慮がない。迷惑だと言わんばかりにため息をつかれ、胸が痛くなる。

「酔ってない。こんなにかわいい子を見つけてきたんだから、褒めてもらいたいくらいだぞ。ほら、どうだ。都筑くんとお似合いだろう？」

部長は意気揚々と、向かいに座っている部長代理や武田さんにたずねた。部長代理たちは愛想笑いを浮かべてうなずいてくれたけど、武田さんはわたしに鋭い視線を送ってくる。きっと、後輩であるわたしが、自分が好きになってフラれた相手と、冗談でもお似合いだともてはやされ、面白くないのだろう。

「あ、あの……部長、わたし……」

武田さんが怖いし、何より係長と気まずい。わたしはこの席から離れようとした。だけど、部長に「まぁまぁ」と言われ、ガッチリと肩を押さえこまれてしまい、動くことができない。

「ほら、料理を食べて。都筑くん、彼女にビールを注いで」

部長はわたしに使っていないグラスやお皿を渡し、係長にはビール瓶を渡す。係長は大きく息をつくと、諦めた様子でグラスにビールを注いでくれた。

「す、すみませんっ」

「……構わない。部長は押しが強いから、抗《あらが》うだけ無駄だ」

係長はそう言うと、飲んでいた日本酒を煽《あお》った。表情ではわからないけど、雰囲気から機嫌が悪そうに見える。

やっぱり、早くこの席から離れなくちゃ。係長と向き合って話したいけど、ここではどうせ話すことができない……。

しかし、そんなわたしの考えなんか知らない部長は、手をつけていない料理を見つけ、持ってきてくれる。

「加藤さん、サザエのつぼ焼きは食べたか？　美味しいぞ」

「あ、ありがとうございます……んっ、潮の風味があって美味しいです」

あまり食欲がないと思っていたけど、気づかないうちにお腹はすいていたようだ。早く食べて席を立とうとしたのに、思いのほか、新鮮なサザエが美味しくて感動の声を上げてしまう。すると、それを見た部長が、他の料理も勧めてくれた。

「こっちの魚の煮つけはどうだ？」

「んー……これも味がしっかりついていて、美味しいです」

ついつい、勧められるがまま食べていると。

「加藤さんは……よく食べるな」

隣にいた係長がポツリと呟いた。

「あっ……すみません……」

きっとわたしが近くにいることも嫌なはずなのに、隣に座ってバクバクと食事をされていたら、気分が悪いだろう。箸を置いて、今度こそ席を立とうとすると、なぜかお寿司を差し出された。

「いや、よく食べる子は……嫌いじゃない」

「か……係長？」

驚いて係長を見ると、彼の耳は赤く染まっていた。

「な、なんでもないっ。ほら、お寿司を食べたらどうだ？　デザートにシャーベットもあるから、溶けないうちに食べるといい。きみのお腹なら、まだ入るだろう」

「しっ、失礼です、人を大食いみたいに……。でも、いただきます」

「ほら……食べるんじゃないか」

係長はクックッと肩を揺らした。向かいに座っていた武田さんは、目を丸くしてこちらのやり取りを凝視している。

武田さんに、ますます敵対心をもたれたらどうしよう。そう思うのに、〝カオリ〟だった時のような、くすぐったい会話がすごく嬉しい。

わたしの近くに座っていた部長は、何度も「うんうん」とうなずいている。

「営業ひと筋、三十年。やっぱり俺の目に狂いはなかったな。すでに都筑くんが心を許しているじゃないか」

「ゆ、許していません」

係長はまた耳をカッと赤くし、部長に食らいつくように反論した。照れているのか、それともやはり拒否されているのか……そんな態度を取られると、係長の気持ちが余計にわからなくなる。

「それに……きっと、この子は嘘がつけないぞ」

「嘘……」

部長は根拠のない太鼓判を押す。胸がツキリと痛んだ。

そういえば、部長も係長の過去を知っているんだ……。

わたしがうつむいていると、係長がフッと息をついた。

「彼女は、嘘をつきますよ」

「っ……！」

係長の冷ややかな声に肩が震えた。目の奥が熱くなり、今にも涙が零れそうになる。

「都筑くん？」

わたしたちの事情を知らない部長は、小首をかしげる。

ダメだ……まだ、泣いちゃダメ……。

こんなところで泣いてはいけない。わたしは唇を噛みしめた。

「俺も……嘘をつきます」

「……係長？」

係長の様子をうかがうと、苦しげに眉根を寄せていた。

「誰だって嘘をつく。そんなこと、わかっているけど……」

「都筑さ……」

思わず「都筑さん」と呼んでしまいそうになった時、頭を強く揺さぶられたような衝撃があった。眼鏡がずり落ち、胸元までふんわりと伸びた栗色の髪が流れる。

……な、何これ？

困惑していると、さっきまでアイドルの格好をして歌っていた営業部の人が、肩口から顔を覗きこんできた。

「きみ……ウイッグ、似合ってんじゃーん。眼鏡もぉ……ないほうが、かわいいよぉ」

どうやら、先ほどの余興で使ったウイッグを、わたしの頭にかぶせたらしい。酔っぱらっているのか呂律《ろれつ》が回っていない。ウイッグをかぶったわたしを確認すると、次々に服を脱ぎながら去っていく。そのあとを、このままでは裸になる、と同僚が慌てて追いかけていた。

わたしはその光景に圧倒されてしまい、眼鏡もないままボーッとしていた。

「……あれ、加藤さん？」

「はい？」

ふと気づくと、武田さんがわたしの顔を訝しげに覗きこんでいた。この距離なら、眼鏡がなくても相手の顔が確認できる。

でもやっぱり眼鏡を……ん？　眼鏡がなくて、ウイッグをかぶって……しかもこの髪型……〝カオリ〟の時と似てる……。

「あっ……！」

武田さんには一度、〝カオリ〟の時に、係長といるところを見られていた。しかも、そのあと給湯室で「どこかで見たことがある」と言っていたのだ。今ので、完全に気づかれたかもしれない。

どうしよう！　ごまかさなきゃ、係長に迷惑が……！

そのことで頭が真っ白になり、何もできずにいると。

「加藤さん、こっち」

「えっ？　……きゃっ」

ウイッグを取られ、急に誰かに腕を引っ張られた。宴会場の外へと連れ出されると、人がいない廊下へ連れて行かれる。

警戒しながら持っていた眼鏡をかけ、その〝誰か〟を確認する……と。

「か、上川くん……どうして」

わたしの手を引っ張っていたのは、浴衣を着た上川くんだった。

「加藤さん、恋愛に鈍いだけじゃなくて、行動も鈍いんですか？」

少し苛立った様子で、上川くんは腕を離してくれる。思わず身体が萎縮してしまう。

「ど……どういうこと？」

「武田さん、加藤さんがウイッグをつけて都筑係長といるところ、見たことがあるんでしょう？」

「どうして上川くんが知っているの……あっ」

ここはたずねる前に、否定しなくてはいけないところだった。ハッと口を押さえるけれど、今さら遅い。上川くんは苦笑した。

「武田さんのことは噂で聞きました。それにしても……やっぱり土曜日に見かけた女性って、加藤さんだったんですね」

「嘘ついて……ごめんなさい」

また嘘を重ねた。上川くんに謝っているのに、頭には係長の顔が浮かぶ。

「いいんです。本当は加藤さんが、トイレにかけこんでウイッグをかぶって出てくるのを見ていたんで。でも、声がかけられなかった……あなたが泣いていたから」

「あれは……」

係長に受け入れられなかったショックで、人目もはばからずに泣いてしまった。知っている人に見られていたなんて、考えもしなかった。

「あの駅にいたのは、係長と会っていたからだったんですね。紺色の傘を持つあなたを見かけた時から疑ってはいたんですけど……こうして、事実を聞くと辛いな」

上川くんはうつむいて、クシャリと自分の髪を掴む。

「泣いていたっていうことは、係長に何か言われたんですよね？　もしかして、ウイッグをつけていたことと関係していますか？」

顔を上げると、熱を帯びた瞳で見つめられる。わたしはその視線から逃れるよう、一歩あとずさった。

「あ……うん、わたし……別人になりすまして、それがバレて……」

「それで、あの人に怒られて……加藤さんは泣いていたんですね」

「怒られた……というか、わたしが悪いから」

「俺なら、怒りませんよ」

「え？」

聞き返すと、上川くんはジリッと一歩近づいてきた。

「だって、どんな格好をしていても、加藤さんは加藤さんじゃないですか」

「それは、そうだけど……」

でも、嘘をつかれるのは辛いと思う。わたしも、もし係長に姿を偽って近づかれていたら……と想像すると、怒りに任せて罵倒するかもしれない。

黙りこんでいると、視界の端に人影を見つけた。

「あっ」

都筑係長だ。わたしたちの姿を見て去っていく。

「待って……っ！」

わたしが追いかけようとすると、上川くんに手首を掴まれた。

「上川くん……？」

「行かせません。あんな面倒くさそうな人、どこがいいんですか」

「ああ見えて優しい人なんだよ」

「優しい人があなたを傷つけますか？」

「先に傷つけたのはわたしだから……」

上川くんは納得がいかない顔をしていたが、わたしは彼の腕を振り払うと、係長の元へ走った。

「つ、都筑係長！　待ってくださいっ」

遠くにいる係長に声をかけ、必死に駆け寄る。追いつくと、彼は足を止めて、拳を握りしめた。

「家に帰ったら、タオルを洗う」

「タ……タオル……ですか？」

急に何を言いだすのか。戸惑いながらも聞き返した。

「きみが使ったタオルだ」

「えっ……あ、あの、お借りしたタオルですか⁉　一週間前ですよ……？」

「きみの香りが残っていて、ずっと洗えずにいた……」

係長は唇を震わせている。本気で言っているのだと思うと、全身が熱くなった。

「土曜日、きみが去ったあと……追いかければよかったのか、きみを責めるのは間違いだったのか……ずっと考えていた」

「係長……っ」

係長がそんなふうに考えていてくれたなんて、思いもしなかった。……嬉しい。けれど、係長の表情が曇っていることが気にかかる。

「でも、今……追いかけなくてよかったと思ったよ。きみも、他の女性と同じだ」

「どういう……意味ですか？」

嫌な予感がして声が震える。

「……嘘をついていたんだろう。上川くんと付き合っているのに」

「つ、付き合っていません」

即座に否定する。だけど、係長の表情は曇ったまま変わらない。

「正直に言ってくれて構わないよ。二股とか……そういうのには、慣れているんだ。五年前に婚約者に裏切られたこともあるし、その前に付き合った女性にも浮気をされたことがある」

「そんな……」

他の女性からも騙されていたことがあるとは思わなかった。

わたしが言葉を失っていると、係長は息をついた。

「わかっているよ、俺の性格が問題なんだ。『マニュアル通りでつまらない』、『面白味がない』、『怖い』……きみもそう思っていたんだろう」

「会社での係長しか知らない時はそうでした。でも、今はそんなふうに思っていませんん」

わたしの気持ちが、どこまで届くかわからない。でも、自分が「つまらない男」なんて思ってほしくなかった。

「無理しなくていい」

「無理じゃありませんっ」

必死になって言うけれど、係長は聞き入れないとばかりに目を伏せた。

「母も、父に隠れて浮気をしていた」

「えっ」

また、一也さんから聞いていない事実が飛び出し、困惑してしまう。係長は、そんなわたしを気にせず、言葉を続けた。

「父は無表情で、曲がったことが嫌いで、面白くない……俺みたいな男だ。遊びを知らない父は、仕事しかすることがなくて。だから、それなりの役職についていて金も持っていた。母と出会ったのは、たまたま上司に誘われて行った飲み屋らしい。そこで働いていた母は、金を目当てに父に近づいた。父は結婚も考えていたけど、母にはそんな気がなかったようだ。そこに俺ができたのは、誤算だったんだろうな。母は仕方なく籍を入れた……。でもいずれ、金だけじゃつまらなくなって、子育ても嫌になって……他に男を作って、家を出ていった。最後に、母は俺に『すぐに戻るから』と言った。もう、二十五年も前の話だ」

係長は他人事のように淡々と話してくれた。そうやって話せるまで、どれほどの苦しみを乗り越えてきたのだろう。そう思うと、心と身体が引きちぎられそうに痛んだ。

「だから、裏切られることには慣れている。きみが……〝カオリさん〟が、『他の人と違う』と買いかぶった俺に非があるんだ。きみが申し訳なく思うことはない」

「……そんなの、嫌です」

係長はすべて話してくれた。なのに、強く突き放された気がして、怒りとも切なさともつかないものが、胸に押し寄せてくる。

「都筑係長のことが……好きなんです。だから、そんなにあっさり切り捨てられるのは嫌です」

係長を助けたいと思った。わたしができることなら、何でもしたいと思った。その思いの根本は「好き」という感情だと、せめて、それだけでもわかってほしい。

「きみが、俺を好きだって……？　信じられない」

係長は静かに首を振ると、踵《きびす》を返した。去っていく後ろ姿が、苦しそうに見える。

「……信じようとも、してないくせに……」

想いが伝わらないことは、悔しくて、悲しい。だけどそれ以上に、小さくなる背中を抱きしめたいと思った。

宴会場へ戻ると、みんな自由に入り乱れていて、始めに座っていた席は営業部の知らない人に占領されていた。女性社員は部屋へ戻った人もいるのか、人数が少なくなっている。係長は、また元の席で飲み直していた。

「詩織、どこに行ってたの？」

わたしが入口で立ち尽くしていると、美穂がやってきた。部屋には戻らず、経理課の先輩たちと飲んでいたらしい。

「あ……うん、実は……」

「……待って、人が少ないところで話そうよ」

わたしの声が沈んでいたからか、美穂が別の場所へと促してくれる。部屋は他の女性社員とも一緒なので、近くの浜辺に行った。

「そんなことがあったんだ……。宴会が盛り上がりすぎて、誰がいなくなったとか全然わからなかったなぁ」

すべて話し終えると、美穂は驚いていた。わたしは、とりあえず大きく騒がれていないことにホッとする。

「でも、武田さんにバレちゃったんだよね……それが気になる……」

「あー……やっかいな人にバレたね。さっきは何も言ってなかったけど……」

係長と付き合っている、と噂を流されるのか、それとも上川くんとの噂を流されるのか……。二股なんて噂されたら、会社にいられなくなりそうだ。

せめて、係長だけでも噂を否定してくれたらいい……。

しばらく夜の海を眺めたあと、わたしたちは部屋へ戻った。


次の日は、船で帰るだけで何も予定がなかった。きっと前日の宴会で、みんなが二日酔いになると考えてのことだろう。

「じゃあ、詩織……わたし、バスで帰るから。また明日」

「うん、明日」

お昼前に港へ着き、わたしは電車なので、その場で美穂と別れた。明日は月曜日で、通常通りに仕事がある。土日で社員旅行というのは、かなりハードだ。

係長とは船内で席が遠かったので、何も話をしていない。武田さんは部長代理の近くにはおらず、同僚と座っていたので、もしかしたらフラれたのではないかと思う。

ついでに、わたしの噂話もしていたのかな……。

そう考えると気が重くなる。ため息をつきながら、駅へ向かっていると。

「加藤さんっ」

「か、上川くん……」

上川くんに呼び止められた。

……今、一番会いたくなかったかもしれない。

だけど、無視をするわけにもいかず、少し距離を取って足を止めた。

「これから昼飯でも、一緒に行きませんか？　話したいことがあるんです」

「話したいこと？」

「はい。昨日言いたかったんですけど……」

昨日は係長の姿を見つけて、上川くんの元から逃げるように去ってしまった。

宴会の場から助けてくれたのは彼だったのに、申し訳ないことをした。

けど……今はご飯という気分になれないな……。

「ごめん、わたしっ」

断ろうとした時。

「上川ぁ、これからメシ行くぞー！」

近くの駐車場に車を停めていた営業部の人たちが上川くんを呼ぶ。

「はぁ……昨日から邪魔が多いなぁ……」

上川くんは渋い顔をして頭をかいた。

「すみません。やっぱりご飯はまた今度お願いします」

営業部は体育会系のノリと近いものがある。上下関係を大切にしているので、断れないようだ。

上川くんはペコリと頭を下げると、営業部の先輩たちのほうへ駆けていった。

とりあえず引き下がってくれたことにホッとする。しかし彼を見送っていると、港から歩いてくる人影に身体が固まった。

「か、係長……」

係長も電車だった。こちらへ向かって歩いてきている。きっと、わたしと上川くんが話していたところは見ていたはずだ。

「……仲がいいんだな。それに、やっぱり付き合っているそうじゃないか」

わたしの横を通り過ぎる時、こちらをチラリと見ながら言った。その瞳には失望の色がにじんでいる。……武田さんが、すでに何か言ったのかもしれない。

「ち、違います。なんで信じてくれないんですか！」

駅へ向かう係長の背中に問いかけるが、彼は足を止めてくれない。

……昨日から、意地悪になった気がする……。

上川くんと付き合っていると勘違いして、わたしに失望しているのだろう。でも、それなら無視してくれたらいいのに、こうしてつっかかってくる。

以前、エレベーターで上川くんと話をしているところを、見られたことがあった。あの時は何も言わず、無関心そうだった。なのに、どうして昨日から……。

「どうして係長が怒るんですか？」

係長を追いかけながら、大きな声でたずねると、彼はやっと足を止めた。

「わたしのことが嫌いなら、無視すればいいのに……どうしてですか？」

「どうしてって……それは……っ」

振り返った係長は、ハッとして口をつぐむ。何かに気づいたようにも見えるし、わたしには心の内を話す必要がないと思ったのかもしれない。

言いたいことを伝えてくれなくちゃ、歩み寄ることだってできないのに……。

どうにもならない距離に、寂しさと苛立ちが募る。

「すべての嘘を許してほしいなんて言いません……でも、理解しようとするぐらいしてほしいです」

「理解……きみを？」

係長は訝しげに眉を寄せ、小首をかしげた。

「わたしには以前の係長と、〝カオリ〟として接している時の係長と、今の係長は違うように見えます」

「どういうことだ？」

さらに深く眉を寄せる係長を、わたしは唇を噛みしめて強く見つめた。それからゆっくりとしゃべることにする。

「以前の係長は怖くて、近寄り難くて……だから、わたしは係長のことを知ろうともしていませんでした。でも〝カオリ〟として出会って、会社ではわからない係長の優しい一面を見て……着こなしとかデートのエスコートはかっこいいけど、照れ屋なところや、うまく言葉にできない不器用なところがかわいく思えました……どんどん惹かれて、係長のことを知りたくなりました。今は完璧に見える係長にも乗り越えられないものがあるんだと知り、前よりも身近に感じています」

身近に感じるからこそ、放っておけないと思う。

係長は考えこんでいるのか、それとも聞き流そうとしているのか、じっと黙ったままだ。

「正直、なんでわかってくれないんだろうってイライラします。男の人を紹介してもらうために、普段のわたしからは考えられないオシャレをしている……そんなの、上司に知られるの、恥ずかしいじゃないですか。仕事だけじゃなく、女心も勉強してよって思います」

「……悪かったな、女心がわからなくて」

拗ねたような口調で係長が謝罪を口にするので、わたしは小さく首を振った。謝ってほしいんじゃない、今はただわかってほしいだけ。

「でも……嫌いになれないし、もっと知りたい、そばにいたいとも思っています。だから、係長もわたしのことを嘘なんかつかない純粋な女として見なくていいです。そのかわり、わたしの悪い面もいい面も見てください。係長が信じてくれなくちゃ、何も始まりません」

気になるところがあればぶつかり合えばいいし、伝わらないところはわかるまで話し合えばいい。そうした積み重ねで深い関係を作ることができるのだと思う。

係長は難しそうな顔をして、口を閉ざしたままだ。わたしとはわかり合う気がないのかもしれない。そう思うと、ふつふつと悲しみがわき上がってきた。もう何を言っても伝わらないのかと思うとひどく虚しくなってくる。

「……わたしを理解する気も、歩み寄る気もないのなら……もう、放っておいてください」

係長を追い抜いて、駅へ歩きだす。彼は何か考えているようで、黙ったまま立ち尽くしていた。

わたしは涙を堪えるのに精一杯で、前がよく見えていなかった。

「きゃっ……」

うつむいて歩いていたせいで、島へ向かう大荷物の団体とぶつかってしまう。よろけてしまったわたしは、アスファルトに倒れこんだ。しかし、大勢での旅行で盛り上がっている彼らは、気づいていないようだった。

「痛っ……」

自分の不注意でもあるので、文句も言えないし、言う度胸もない。上半身を起こすと、肘のあたりに痛みが走った。見ると、擦り剥いて、赤い血がにじんでいる。

「大丈夫か⁉」

「か……係長……っ」

地面に座りこんでいたわたしに、係長が駆け寄って来てくれる。怪我を見るとキッと眉間にしわを寄せた。

「ちょっと注意してくる」

「い、いいんです！　わたしも前をよく見てなかったので」

係長が今にも団体客へ殴りにかかりそうな様子だったので、わたしは慌てて止めた。わたしのために怒ってくれているのだろうか。そう思うと嬉しいけれど、また係長の気持ちがわからなくなって、困惑してしまう。

「とりあえず、ここに座って。消毒したほうがいい」

係長はわたしを駅のベンチへ座らせると、近くにある小さな売店で消毒薬と絆創膏を買ってきてくれた。

「すみません……放っておいてください、なんて言っておきながらご迷惑を……」

「怪我の手当ては、迷惑じゃない」

係長は傷口を綺麗に消毒したあと、絆創膏を貼ってくれた。それから、わたしの足元を見つめ、フッと息をついた。

「強いていえば、きみに……心をかき乱されて迷惑している」

「え……？」

「何度もきみを忘れようとしているのに、忘れられない。気分転換に街を歩いても、かわいい物を見るときみの顔が浮かぶし、仕事をしていてもきみを見てしまう。仕事に集中しようとするけど、きみのことばかり考えてしまうんだ」

「係長……それって」

「今も……放っておいてくれと言われたのに……放っておけなかった」

「それはわたしも同じだ。何をしていても係長が気になるし、何を言われてもまだ離れたくないと思っている。

ホームに流れる電車到着のアナウンスが、駅の外にあるベンチにまで聞こえてくる。

係長は荷物を持って、腰を上げた。

「上川くんと一緒にいるところを見て、腹が立ったのは……嫉妬だ。悪かった」

「嫉妬……」

胸の奥が熱くなる。べつに「好きだ」と言われているわけでもないし、その前から何度も拒否されているのに、ただそれだけで嬉しさがこみ上げてきた。

「そのサンダルがなくても、きみと〝カオリさん〟は同じだと……わかっているから」

「本当ですか⁉　本当に、わたしのことを……ちゃんと見てくれますか？」

「ああ、本当だ」

深くうなずく係長に、偽りはないとわかる。

「それなら……わたしを遠ざけなくてもいいんじゃないですか？　お互い、同じ気持ちなのに……」

「それは、根本が俺自身の問題だからだ」

係長自身の問題。それは過去を乗り越えられるか、どうかということ。

わたしの気持ちは、きっと伝わっている。そして、ちゃんと考えてくれているのだと思う。

「わたしは係長のそばにいたいです。一緒に問題を解決することはできませんか？」

「ダメだ。ひとりで解決しないときみと向き合うことにならない」

係長の瞳は微《かす》かに揺れていた。それはわたしの申し出を素直に喜んでくれているようにも、乗り越えられなかったらという不安がにじんでいるようにも見える。

電車へ乗りこむ背中を見つめながら、どうか向き合える日が来ますように、と願った。

六章：永遠のシンデレラ

翌日の昼休み。美穂と一緒に、今日は食堂ではなくベーカリーショップへ来ていた。

「あー……やっぱり旅行のあとは、一日くらい休みが欲しいよね」

入口近くの席に着き、向かいに座った美穂が、パニーニを頬張りながらぼやく。わたしもコーヒーカップを口に運びながら大きくうなずいた。

「ホントだよね。でも、武田さんがちゃんと出勤したのはビックリしたなぁ」

みんな、同じように疲れているのだから出勤することは当たり前。でも、仕事は人任せにする武田さんのことだから、休むかと思っていた。なのに、わたしよりも早く出勤していたので驚きだった。

「そういえば、係長は変わりないね。詩織にも普通に話しかけていたし」

「うん……」

係長とは午前中に、仕事のことで会話をした。でも、態度も口調も、旅行へ行く前と何も変わらない。それどころか、背筋を伸ばしてキーボードを打つ姿が、まるで〝カオリ〟と出会う前みたいだと思った。

それがいいことなのか、悪いことなのかわからない。ただ、なかったことにされているのなら、寂しいと思う。

「ふたりとも惹かれ合ってるのに、うまくいかないよねぇ……」

美穂はもどかしそうにため息をつき、テーブルに頬杖をついた。

しばらく、まったりとした時間を過ごし、ふと店内にある時計を見ると、あと十分で昼休みが終わろうとしていた。

「そろそろ会社に戻ろうか」

美穂に声をかけ、腰を上げようとした時。

「そういえば、総務課の加藤さんって、営業部の上川くんと付き合ってるらしいよ」

横の通路を歩く女性の声が聞こえた。会話の内容にハッとして声のほうを見ると、同じ事務室にある監理部の女性社員ふたりがいた。奥の席で、食事をしていたようだ。

ふたりはわたしたちがいることに気づいていないらしく、会話を続けている。

「上川くんって、新入社員の？　加藤さんが年下って意外だねぇ」

「でしょ？　どうやら社員旅行で……」

そんな会話をしながら、店を出ていってしまった。

……な、なんで付き合っていることになってるの⁉

しかも、噂をしていた人は一緒に旅行へ行っていない。武田さんが朝早く出勤していたのは、これを広めるためだったのかもしれない。

「詩織、大丈夫？　あとで、ちゃんと否定しに行こうよ」

「うん……」

気遣ってくれる美穂にうなずくけど、それだけではどうにもならない気がする。彼女たちに否定しても、どこかで話は流れているかもしれないのだ。

「噂を流してるのって、きっと武田さんだよね。もしかして、上川くんと詩織の噂を流して、都筑係長を狙おうとしてるのかなぁ」

「そんな……一回フラれてるのに？」

「だって、詩織の悪い噂を流したいなら、都筑係長と上川くんを二股しているって言ったほうが効果あるでしょ？　なのにそうしないのは、もし係長と付き合うことになった時、後輩のおさがりだと思われるのが嫌だからだと思うよ。諦められずにいた想いに火がついたのか、それとも結婚に焦ってヤケになっているのか……真意はわかんないけど、どちらにせよ、ホントにはた迷惑な人だよね」

美穂は呆れたように言うと、席を立った。考えがまとまらない間も、時間は過ぎている。店を出ると、ふたりで急いで会社まで戻った。

「ねぇ、詩織。都筑係長にも噂のこと、説明しておいたほうがいいんじゃないの？」

エレベーターに乗りこむと、美穂がたずねてきた。

「うん……」

美穂の言葉にうなずきながらも、説明するべきかどうか、悩んでいた。

昨日、係長から「付き合っているそうじゃないか」と言われた時に、ちゃんと否定はしている。それに「信じてほしい」とも伝えた。もし、彼がわたしを信じてくれようとしているなら、もう一度説明することは彼を疑うことになる。

信じてほしいと言ったのはわたしなのに、疑うなんて……なんか、違う。

「やっぱり……係長には、何も言わない」

エレベーターが総務部のある階に到着し、扉の手前にいた美穂が先に降りる。彼女はキッパリ言ったわたしを、不思議そうな顔で見てきた。

「詩織、それでいいの？」

「うん……係長は噂じゃなく、わたしのことを信じてくれる……そう、信じる」

わたしのことを理解しようと、そして歩み寄ろうとしてくれているなら……係長はきっと、わたしのことを信じてくれるはず……。

祈るような気持ちで、係長には何も言わないと決めた。

水曜日。名刺を注文しにやってきた営業部の人に、「上川のこと、よろしく」と言われた。もちろん否定したけど、まだまだ噂は流れているのだと思う。

とりあえず今のところ、上川くんと接する機会がないことは救いかも……。

仕事の会話しかしないとはいえ、一緒にいるとそれだけで注目される。上川くんもわたしに気がある素振りを見せるから、そこも心配だった。

「詩織、今日は水口《みずぐち》さんの代わりに電話当番やるんだっけ？」

昼休みに入り、美穂が声をかけてきた。水口さんは総務課の一年上の先輩。今日は電話当番だったけれど、風邪で休んでいる。朝、休みの電話を受けたのがわたしで、総務課長に報告した際に電話当番も引き受けた。

「詩織、ご飯はどうするの？　何か買ってこようか？」

「ううん、いい」

出勤してから電話当番になったので、お昼ご飯は用意していない。けれど、残業でお腹がすいた時のために、いつもデスクの引き出しにカップラーメンをしのばせている。

「そう？　じゃあ、お昼へ行ってくるね」

「うん、いってらっしゃい」

美穂を見送ると、給湯室でカップラーメンにお湯を入れ、すぐに事務室へ戻る。自席へ着こうと武田さんのデスクの前を通った時、彼女がスマホを忘れていることに気がついた。

一時間の休憩くらいスマホがなくても平気だと思うけど、武田さんなら取りに戻ってくるかなぁ……。

そんなことを思いながら、三分経過するのを待っていると、わたしと同じく電話当番をしていた監理部の人が腰を上げた。スマホに私用の電話がかかってきたらしく、わたしに「ごめん」と手で合図をしながら事務室を出ていく。出入口のドアを閉め忘れるくらいだから、よほど焦っているのかもしれない。

「武田さんに比べたら、電話当番の留守を任されるくらいかわいいものだよ……っと。戻ってくるかもしれないんだった」

慌てて口を塞ぎ、カップラーメンのふたを開けると。

「武田さんが……どうかしたんですか？」

急に背後から声をかけられた。誰もいないと思っていたので、肩を跳ね上げて驚いてしまう。声のほうを振り返ると、上川くんが小首をかしげて立っていた。

「か、上川くん……！　もう、驚かさないでよ……」

武田さんじゃなかったことに胸を撫で下ろす。

「加藤さん、今日も電話当番なんですか?」

「うん、休んだ人の代わりに」

質問に答えながら、上川くんとふたりきりでいるところを、誰かに見られるのはまずいと思う。しかも、武田さんが戻ってくるかもしれない状況だ。

「上川くんはどうしたの? 総務課に何か用事?」

早く帰ってもらおうとして、自然と急《せ》かすような口調になる。上川くんはわたしの考えに気づいたらしく、大袈裟に肩をすくめた。

「そんなに追い払おうとしなくてもいいじゃないですか、せっかく加藤さんに会いに来たのに。もしかして、みんなに誤解されていることを気にしてるんですか?」

「……う、うん……。上川くんもごめんね、迷惑かけちゃって」

武田さんがわたしと係長とのことをよく思っていないからこそ、噂が流れてしまった。わたしが謝ると、上川くんは首を振る。

「どうして加藤さんが謝るんですか。宴会の最中に連れ出したのは、俺ですよ。それに、俺は加藤さんと噂になって嬉しいですけどね」

「また冗談を……」

「本気ですよ。俺、加藤さんが好きだから」

「へっ⁉　わたしを？」

思ってもみない告白に、自分を指さして聞き返す。目をぱちぱちさせるわたしがおかしかったのか、上川くんは小さく笑った。

「加藤さん、本当に鈍感ですね。俺、結構アピールしてたつもりだったんですけど、全然気づいてなかったなんて」

「だ、だって……どうして？　わたし、何もしてないけど……」

気がついたら仲良くなっていたけど、上川くんは誰にでも人懐っこいので、まさか本当に好かれているとは考えたことがなかった。

「覚えてませんか？　俺がここの入社試験を受ける時、加藤さんが受付してくれたんですよ」

「入社試験の受付……？」

確かに、去年の入社試験では人事部の人手が足りなくて、総務課の先輩と一緒に手伝った記憶がある。でも、人数がたくさんいたので、ひとりひとりの顔は覚えていない。

「俺が緊張して名札をうまくつけられないでいると、加藤さんが『大丈夫、緊張しているのはみんな同じだから』と言ってつけてくれたんですよ」

それは、学校の授業で発表がある時や、何か緊張する場面があった時、麻子がわたしによく言ってくれていた言葉だった。緊張している人を見て、自分が試験を受けた時と重なり、どうにか緊張をほぐせたら……と思ったのかもしれない。

「ご、ごめんなさい……言ったかもしれないけど、あんまり覚えてなくて……」

「いいんです。加藤さんは俺以外の人にもそうやって声をかけていましたから」

「そ、そう……」

誰にでも言っていたなんて、我ながら軽々しい応援だな……と、少し反省する。

「その時に、加藤さんを優しい人だなぁ……と思ったんです」

「そんなことで、好きになってくれたの？」

「いえ、それは加藤さんを意識するきっかけにすぎません。入社して、あなたの性格や真面目さを知ってだんだんと好きになりました。本当はもっと早く言いたかったんですけど、邪魔が入ったから」

邪魔とは係長や営業部の人だろう。

上川くんは苦笑を漏らすと、口元を引き締め直した。

「俺と……付き合ってくれませんか？」

上川くんの濡れたような瞳が、まっすぐにわたしを見つめてくる。思わず、胸が高鳴った。

……上川くんと付き合うとどうなるだろう。優しい言葉をくれる上川くんだから、彼女として不安はないかもしれない。それに楽しいとも思う。でも……。

「……ごめんなさい。わたしには……好きな人がいるから」

不器用だけど、誠実で、いつもわたしを気にかけてくれる優しい人……都筑係長のそばにいたい。心からそう思う。

「好きな人って……都筑係長ですか？」

「うん……」

「俺には〝仕事ができる真面目な人〟っていうくらいしか、よさがわかりませんけど」

「確かに働いているだけじゃわかりにくいかもしれない。けど、本当はそれだけじゃないんだよ」

「そう言われても、諦めがつきません」

上川くんは不満そうな顔をしている。もう一度ちゃんと断ろう。そう思い、口を開いた時。

「お昼休みにもコソコソと会っているなんて、やっぱり噂は本当だったのね」

「え……!?」

声に驚き、上川くんと一緒に入口のほうを見る。

「た、武田さん……!」

スマホを取りに戻ってきたのか、武田さんが立っていた。

上川くんの話に集中していたうえに、ドアも監理部の人が出ていったまま開けっ放しになっていたので、武田さんが事務室に入ってきていたことに、全く気づかなかった。ふたりでいるところを見られるなんて、タイミングが悪い。

「やっぱりふたりは付き合ってたんだぁ」

武田さんはニヤリと口の端を上げ、何度もうなずいている。

「ち、ちが……」

「違いますよ、俺がただ……」

わたしと上川くんが、慌てて否定しようとした時、入口に人影が見えた。

「そうやって、また噂を流すのか」

「……都筑係長!」

姿を現したのは、都筑係長だった。手にはベーカリーショップの袋を持っている。

「つ、都筑係長……どうして……」

「武田さんが、ふたりの様子を覗いているのを見ていたよ。ちなみに、ふたりの会話は廊下にいた俺にも聞こえていたけど、『付き合っている』なんて誤解するようなところはひとつもなかった。嘘の噂は、きみが流しているようだな」

「そ……そんな……ち、ちが……っ」

武田さんは膝から崩れ落ちそうになり、近くにあったデスクに手をついた。係長を落とす計画が破綻《はたん》となり、かなりうろたえているようだ。

「もっとも、俺は噂じゃなく、加藤さんを信じていたけど」

「係長……」

係長がわたしを信じてくれた……そのことが嬉しくて、今にも涙が出そうになる。

「わ、わたしの勘違いみたいですね。すみませんでした」

武田さんは体勢を直すとスマホを忘れたまま、事務室から去っていった。

「……都筑係長、ありがとうございました」

「いや、俺も彼女の後ろから立ち聞きしていたから……その役目を果たしたまでだ」

眼鏡のブリッジをグイと押し上げ、真面目に言う。すると上川くんが噴き出して笑った。

「立ち聞きの役目って。何ですか、それ。都筑係長って、実は面白い人なんですね」

「俺が面白い？　……言われたことがないな」

係長は不思議そうな顔で、首をかしげていた。

「ふふ……」

「加藤さんまで笑うのか」

「す、すみません」

わたしが肩をすくめると「いや、いいんだけど」と、係長は照れくさそうにしていた。

「それで、都筑係長はどうしてこちらに戻ってこられたんですか？　総務部の休憩はまだ三十分以上ありますよね」

上川くんはひとしきり笑うと、係長にたずねた。すると、彼は持っていたベーカリーショップの袋を、わたしのデスクの上に置いた。

「加藤さんのお昼ご飯がないと思って……でも、必要なかったようだな」

「え、わ……わたしのお昼ご飯ですか？」

「ああ、てっきりきみが、大久保さんにコンビニへ行ってもらうのを遠慮しているのかと思ったんだ」

「あっ……！」

美穂に聞かれた時に「買わなくていい」とだけ返事をして、カップラーメンがあることは言っていなかった。それを聞いていた係長は、わたしがお昼も食べずに電話当番をしていると心配してくれたようだ。

「あ、あの……いただきます！　ホントはパンが食べたかったんです」

「俺の昼飯にするから、気にしなくていい。それより、ラーメンが伸びるぞ」

係長はそう言うけれど、袋の大きさからして、明らかにひとりじゃ食べきれそうもない。

「じ、じゃあ、ラーメンとパンを食べます」

「無理に食べなくていい」

「無理じゃありません。係長、わたしの食欲を知ってますよね？」

「……ああ、まぁ……知っているけど」

係長は少し考えたあと、根負けしたように笑って、パンが入った袋を差し出してくれた。

「わかった、好きなパンを取るといいよ。せっかくだから、上川くんも何個か持っていってくれ」

「え、いいんですか？」

わたしたちのやり取りを見ていた上川くんは、急に話を振られて目を丸くした。

「もちろんだ。営業は夕方も腹が減るだろう」

係長の言葉を聞いて、上川くんはフッと瞳を細める。

「都筑係長って意外と優しいんですね……安心しました」

「安心？」

「ええ、やっぱり加藤さんにお似合いの人じゃないと、諦めがつきませんから。じゃあ、おひとついただいて……邪魔者は去ります」

上川くんはメロンパンをひとつ取ると、ペコリと頭を下げて事務室から出ていった。

残されたわたしたちは一瞬、しんと静まり返る。少し間を置いて、係長が口を開いた。

「加藤さん。今夜、時間あるかな？　一緒にご飯でも……あ、平日はダメだったか」

「い、いいえ、大丈夫です！　もう……〝カオリ〟にならなくていいので」

久しぶりに誘われた嬉しさのあまり、係長の言葉にかぶせるように返事をした。彼はそんなわたしに、優しく微笑んでくれる。

「……そうか。なら、今日の夜……ゆっくり話がしたい」

「はい……わたしも話がしたいです」

コクリとうなずいていると、監理部の人が戻ってきた。留守番をしていたわたしにお礼を言いながらも、隣で立っている係長を不思議そうに見ていた。

定時に会社を出て、待ち合わせ場所である駅の噴水前へ、弾むような足取りで向かう。係長は経理課長に呼ばれていたので、少し遅れるようだった。

十月の秋風が頬を撫で、夜空には綺麗な月が浮かんでいる。こんなに気持ちよく仕事を終えたのは久しぶりだった。

武田さん、午後は大人しかったし、このまま仕事を押しつけられなくなればいいな。

駅に着いたわたしは、そんなことを考えながら、トイレで自分の身なりを確認していた。

鏡に映る自分は、いつも見慣れているスッピンなのに、係長の横に並ぶと思うと何か物足りない気がしてくる。

「あ、そうだ……！」

わたしは駅の地下にある薬局へ行って、ピンク色のグロスを買い、もう一度トイレへ戻った。買ったばかりのグロスの封を開け、鏡を見ながら唇に乗せる。スッピンでも馴染む自然な色で、それでいてしっかり潤った。

「うん……ちょっとは女っぽくなったかな」

係長はわたしがスッピンでも、どんな服装をしていても〝カオリ〟の時のわたしと比較したり、「やっぱりこんな地味な女は嫌だ」なんて思ったりしないと思う。きっと、そのままのわたしがいいと言ってくれるだろう。でも、わたしは何かしないと落ちつかなかった。

係長のために……好きな人のために綺麗になりたい。

みんな、そんなふうに思ってメイクをしているのではないかと思った。

「すまない。遅くなった」

待ち合わせの時間から二十分過ぎたころ、駅の噴水前に係長が現れた。走って来てくれたのか、息があがっている。

「気にしないでください。お疲れさまでした」

「ああ、ありがとう……あれ?」

「な……なんですか?」

係長が身体を屈め、顔を覗きこんできた。あとちょっとで触れてしまいそうな距離に、思わず呼吸を止めてしまう。

「会社で見た時と、少し違う……外で見るからかな、色っぽい」

「そ、そうですか？」

恥ずかしくてとぼけながらも、心の中でガッツポーズをしていた。

「あ……俺は、何を言っているんだろうな……。ご、ご飯を食べに行こう」

係長は耳を赤く染めると、ご飯屋さんへ案内してくれた。


ご飯は魚が美味しい和食の店だった。係長が「よく営業部長と来るんだ」と教えてくれた。

薄緑色ののれんをくぐり、木製の引き戸を開けて中に入る。通された座敷は個室で、向かい合わせに座った。

係長が料理は店の人にお任せすると、白ごまのお豆腐や綺麗に盛られたお造りが順番に出てきた。

「営業部長と仲がいいんですね。知りませんでした」

ほどよい歯ごたえのある鯛のお刺身を食べながら言うと、係長がうなずいた。

「ああ、営業部にいた時からよく世話になっているんだ。また戻ってこないか、なんて言われているけど……どうするかな」

係長、迷ってるんだ……。

営業部に異動になるとしたら寂しいけど、係長がもう一度やりたいと思うならそれもいいと思う。

「係長は、経理課で事務をするより、営業部で外回りをするほうがお好きなんですか?」

たずねると、係長は苦笑して首を振った。

「いや、性に合っているのは事務じゃないかと思う。だから、前ならすぐに断っていたよ。でも、きみと出会って、いろんな人と触れ合うのもいいかもしれないと思い始めたんだ」

「わたしが係長の考え方を変えたんですか?」

「ああ、そうだ。この先、営業部に異動してうまくいかなかったら責任を取ってもらおうかな」

おどけて言ってみせる係長に、わたしは笑って「任せてください」と胸を叩いた。

食べ終えて店を出ると二十二時を回るころだった。明日も仕事があるのでそろそろ帰ったほうがいいとわかっているのに、心はまだ一緒にいたいと思っていた。

「少し、歩かないか?」

「……はい」

係長も同じ気持ちでいてくれたのだろうか。わたしは嬉しくて、大きくうなずいた。

駅までの道を遠回りして歩き、途中にある大きな公園のベンチに腰を下ろす。公園を囲うように木々が生い茂っているけど、近くにライトが設置されているのでほんのりと明るかった。

「加藤さん……今まできみを疑ったり、ひどいことを言ったりして……すまなかった」

「そ、そんな……」

「昼休み……本当は、武田さんがきみたちのことを覗いている時、すぐに止めに入ろうかと思ったんだ」

「……そうだったんですか？」

ポツリと話し始めた係長の顔を見ると、切なげに眉根を寄せていた。

「上川くんの告白で、きみの気持ちが揺らいでしまったらどうしようかと……少し焦っていたんだよ。彼を選んでも仕方がないとも思っていたし」

「……係長」

「けど、信じたよ。加藤さんが俺を好きだと言ってくれた気持ちを……信じた。きみのことを信じたいと思ったし、俺に嘘ついたことを理解してほしいと一生懸命食らいついてきたきみだから信じられると思ったんだ」

「わたしのことを……？」

「ああ。いつも、誰かに裏切られたらそこで関係は終わりだったのに、きみに対してはそうじゃなかった。忘れたいのに思い出してしまうし、馬鹿みたいに嫉妬もした。初めて……誰かを信じたいと心から思ったよ」

母親や恋人に裏切られて傷ついていた係長にとって、わたしを信じることはすごく勇気がいることだったと思う。だけど、それを乗り越えて、今そばにいてくれる。嬉しくて、泣いてしまいそうだった。

「それに……もし、きみが上川くんを選んでいても裏切られたなんて思わなかっただろうし、彼から奪い返してもう一度好きになってもらうよう努力をしていたよ。きみみたいに、俺が何度突き放しても、誤解してひどいことを言っても気持ちを伝えてきてくれる人は、他にいないから」

「ほ……本当ですか？」

「嘘はつかない。それに……きみに会って気づいたけど、俺は結構しつこい性格みたいなんだ。だから、二度ときみを離したくない」

「係長……そ、それって……あの？」

「……少し回りくどかったか」

係長は眼鏡を押し上げると、まっすぐにわたしを見つめてきた。

「加藤さんが好きだ……俺と付き合ってほしい」

心から欲しかった言葉に、嬉しさで身体の芯が震えだす。少し潤んだ眼鏡の奥に吸いこまれてしまいそうだ。

「……わたしも、係長が大好きです」

深くうなずくと、頬に涙が流れた。それを係長の指が優しく拭《ぬぐ》っていく。そして、ゆっくりとキスをしてくれた。

駅までの道は手をつないで歩いた。係長の手は温かく、包みこまれるような安心感と穏やかな幸せが胸に溢れてくる。

わたしも、もう二度とこの手を離したくない。その想いを伝えるように、大きな手を強く握り返した。


昨夜、家へ帰ってからも係長と何通もメールのやり取りをした。【今、帰った】から始まって、【お風呂へ入った】とか【音楽番組を見ている】とか……たわいないものばかりだった。

係長からの返信は早くて、文面に悩むことなく送ってくれていることがわかった。心を開いてくれたようで嬉しい。眠る前には【メールでも、きみに会いたくなるから困る】と送られてきた。わたしも数時間前まで会っていたことが嘘みたいに、すでに会いたくなっている。早く朝にならないかな……そう思いながら、目を瞑った。

翌朝はアラームよりも早く目を覚ました。朝を待ち遠しく思いながら眠ったからかもしれない。

「おはようございます」

事務室へ到着して挨拶をすると、いつもより数段明るい声が出た。よほど自分は浮かれているらしい。係長が経理課の席から挨拶を返してくれる。そんな些細なことも嬉しくてたまらなかった。

気を抜くとすぐにゆるんでしまう頰を引き締め、仕事の準備をしていると、経理課の人がやってきた。

「加藤さん、上川くんにこのレシート返しておいてくれない？　経費の請求書と混じってたみたいなの」

そう言って、コンビニのレシートを一枚差し出される。

「わ……わたしから返すんですか？」

「上川くんと付き合ってるんだよね？　会う時のついでに、返しておいてもらおうと思ったんだけど……ダメかな」

「ダメというか、わたしたち付き合ってなくて……」

わたしが係長と付き合っていても、周りからは上川くんと付き合っていると思われている。その事実がもどかしい。

もう武田さんは怖くないし、間違った噂が流れているなら、本当のことをみんなに知られるほうがいい。だけど、係長には迷惑かもしれない……。

そんなことを思いながら、噂を否定していると。

「加藤さん、今週末……空いているかな？」

「えっ⁉」

係長が事務室に響き渡る声で、わたしの予定を聞いてきた。

あまりにも突然の誘いに、わたしは口を開けたまま固まってしまい、周りの人たちも何事かとざわつき始めた。

「何も予定がなければ、どこか一緒にでかけよう」

「あ、は……はい、大丈夫です！　けど……な、なんで……？」

なんで、みんなの前でデートに誘ってくるの？

そうたずねたかったけれど、動揺してうまく言葉が続かない。

「なんで……って、社内恋愛が禁止なわけじゃないのに、堂々と彼女をデートに誘っちゃいけないのか？」

事務室のみんなが一斉に「彼女⁉」と騒ぎ始める。係長は涼しい顔のままわたしの横まで歩いてくると、そっと肩を抱き寄せた。

「間違った噂が流れているけど、加藤さんは俺の彼女だから」

係長のひと言で、事務室にどよめきが起こる。隣にいた武田さんは身体を小さくしていて、何もかも知っている美穂は楽しそうに笑っていた。

わたしはただアタフタするばかりで、何が何やら頭がついていかない。

「加藤さんの彼氏って、上川くんじゃなかったの？」

「ていうか、係長ってあんなに堂々と〝彼女〟とか言っちゃう人なんだ」

みんながざわざわと騒ぎだす。そんな中、係長がこっそりと耳打ちしてきた。

「すまない……勝手に言ってしまって。噂を消すには、真実を流したほうが早いと思ったんだ」

「いっ、いえ、わたしは嬉しいです。これで上川くんとの誤解も解けますし。でも、係長はよかったんですか？」

「ああ。だから、こうしてみんなの前で言ったんじゃないか。俺のことは気にしなくていい」

「……ありがとうございます」

もしかして係長は、わたしが彼に迷惑がかかると思って本当のことを話せずにいたと、わかっていたのかもしれない。

「それに……俺だって、きみと他の男が噂されるなんて耐えられないからな」

「か、係長……」

係長を見上げると、耳を赤くして視線を逸らされた。

思わぬ言葉に頬が熱くなる。会社だということを忘れてしまいそうだった。しかし総務部の先輩に詰め寄られ、甘い雰囲気から一気に現実へ引き戻される。

「加藤さん！　ちょっと、どういうことか教えてよ」

「最近、係長が丸くなったのって加藤さんのおかげなの？」

「え……でも、あの……」

なんと答えていいかわからず、係長に視線を送って助けを求める。彼は困ったように少しだけ眉を動かすと、息をついた。

「ほら、仕事が始まっている時間だぞ。余計な残業は経費の無駄になるんだからな」

係長がピシャリと言い放つと、先輩たちは「やっぱり丸くなってない」なんて言いながら、しぶしぶ席へ戻っていく。その様子を見ながら、わたしと係長は小さく笑い合ったのだった。

土曜日。今回は麻子にメイクを頼むことはやめた。理由は〝サトウカオリ〟じゃなく〝加藤詩織〟として会いたかったから。自分のできる範囲でオシャレをしたかった。

「アイラインはこんな感じかな……あとはマスカラを……あっ、まぶたについた！」

黒縁眼鏡からコンタクトにつけ替え、慣れない手つきで次々にメイクを施していく。メイク初心者のわたしには、マスカラをつけることさえ難しい。苦戦しながらできた顔は〝カオリ〟より派手さは劣るものの、いつもの自分より華やかだった。

ヘアアイロンは昨日の仕事帰りに買い、寝る前に何度も練習した。そのかいもあってか、丸みのあるツヤツヤのボブに仕上がった。

「よ、よし……」

鏡の前に立ち、全身をチェックする。今日は秋らしく落ちついた色合いのワンピースを選び、肩掛けの小さなバッグを持った。できあがりを確認し、ヒールが低めのパンプスを履いて外へ出る。秋晴れの空はすがすがしく、空気も爽やかで気持ちいい。

「お、おはようございます」

マンションの下で車を停めていた係長に、高鳴る鼓動を抑えながら声をかける。オシャレをした〝加藤詩織〟を見られるのは初めてなので、緊張で声が上擦った。

「おはよう……」

係長は挨拶をしながら、頭のてっぺんから爪先までじっと見つめてくる。わたしは恥ずかしくて落ちつかず、両手を握り合わせて立っていた。

「今日はワンピースか。メイクも加藤さんだとわかる」

それだけ言うと、係長はフイと視線を逸らした。

「へ、変ですか？」

もっとメイクをしたほうがよかったのか、それともパンツを履いたほうがよかったのか……そんな反応をされると気になってしまう。

「そうじゃない……ただ、困っているだけだ」

「困る……？」

首をかしげていると、係長が助手席のドアを開けてくれたので、車へ乗りこんだ。

「あ、あの……似合わないなら似合わないって、ちゃんと言ってくださいっ」

どんなことでもハッキリと言ってほしい。遠慮されることは嫌だった。運転席に乗りこんだ係長の腕を、言葉をせがむようにクイと引っ張る。

「……だから、困ると言っているんだ」

「え……？　あっ……んんっ」

係長が困った顔を近づけてきた……と思ったら、唇に温かなものが触れた。座席がギシリと軋《きし》み、彼の体温を近くに感じる。そのキスは優しくて、目眩がしそうなほど甘くて、身体の奥がジンと熱くなった。

「きみは……これ以上、俺をどうしたいんだ」

「ど、どう……って？」

「かわいすぎて、困るよ」

係長は頭をそっと撫でると身体を離し、車をゆっくりと発進させた。ハンドルを切る横顔は、耳だけじゃなく頬も赤く染まっていた。


それから三十分ほど車を走らせて着いたのは、スカイツリーだった。空まで届きそうなタワーの近くには、ファッションの店や雑貨店などが入った大きな商業施設もある。土曜日で気候もいいから、どこを歩いていても人が多い。

「うわー……街がミニチュアに見える。なんだか、自分が巨人になったみたいですね」

展望デッキで景色を楽しんだあと、さらにその上にあるガラス張りの回廊を歩いていた。わたしがいちいち感動していると、係長がおかしそうに笑った。

「加藤さんらしい感想だな」

「そうですか？　あ、あそこが最高到達点みたいですよ」

わたしが目指す場所を指さし、歩調を速めようとすると、係長に手を取られた。

「か、係長？」

「きみはよく転ぶから」

「そ、そうでした」

「……というのは口実で、ただ手をつなぎたいだけなんだ」

「わ……わたしもっ……」

「わたしもつなぎたかったです」と言いたいのに、ドキドキしてうまく言葉にできない。照れくさくなって、うつむきながら手を握り返した。

スカイツリーから出ると、お昼ご飯を食べ、店を見て回ることにした。目的もなくブラブラと歩いていると、係長がふいに足を止める。

「あのワンピース、加藤さんに似合いそうだ」

係長が見ているのは、目の前の店に飾られている小花柄のワンピースだった。丸襟が上品で、ウエストラインは絞られていてスタイルもよく見えそう。

「かわいいですね。係長がそう言ってくれるなら、試着してみようかな」

「ああ、着てみてくれ」

わたしは係長に勧められるがまま、試着をしてみることにした。色使いが鮮やかなそのワンピースは、自分では似合わないかと思ったけれど、サイズはピッタリで、思ったよりも似合ったことに驚いた。

「やっぱりよく似合う」

「ありがとうございます。でも係長って、自分が似合う物はわからないのに、他の人が似合う物はわかるんですね」

「たぶん、加藤さんに似合う物だからかな」

「えっ」

「いや、ほらっ……着替えておいで。次はその服に合う靴を探しに行こう」

「あ、は……はいっ」

わたしは試着室のカーテンを閉めると、ひとりで頬を熱くした。

今日の係長は一緒にいて、どうしていいかわからない。〝カオリ〟の時もこんな感じだったっけ？　でも、それ以上に甘い言葉が多い気がする。そのおかげで、わたしの心臓はさっきからうるさいほど音をたてていた。

まだ火照りが残る顔で試着室から出ると、係長は店員に在庫を確認して、同じ物をすでに買っておいてくれていた。係長の手際のよさに感心してしまう。

これで本当に「つまらない男」なんて言われていたのかな。

「女性の買い物に慣れているんですね……」

「え？　あっ、違うんだ。情けない話だけど、よく『あれして』、『これして』と指図されていたから」

「そうなんですか」

前の彼女は社長令嬢だったみたいだし、それなら女性に気が利くようになってもおかしくないのかもしれない。……元カノの話を聞くのは、ちょっと切ないけど。

そんなことを思っていると、係長がそっとわたしの顔を覗きこんできた。

「けど、誰かに洋服を選んだのは……加藤さんが初めてだ」

「都筑係長……！」

「あ……っと、靴を……靴を探しに行くんだったな」

係長は急に照れくさくなったのか、焦ったように歩きだす。

服を選ぶのは……わたしが初めてなんだ。

嬉しさを噛みしめ、係長の元へと駆け寄った。

「あの、係長……お金をまだ払ってないんですが。おいくらでしたか？」

「いい。俺がしたくてしているから」

そう言って、結局ワンピースに合わせたパンプスまで買ってくれた。

買い物を終えて外に出ると、あたりは暗くなっていた。ぼんやりとした街灯の下を歩き、駐車場へ戻る。係長の両手は、わたしへのプレゼントで塞がっていた。

「今日は……というか、いつもありがとうございます」

車へ乗りこんでお礼を言うと、係長は静かに首を振った。

「俺も楽しかったから。それより、夜ご飯はどうしようか。何か食べたい物はあるかな？」

「食べたい物、ですか」

ワンピースやパンプス、他にもアクセサリーまで買ってくれた。これ以上、何かしてもらうのも悪い気がする。

「あ、夜ご飯……わたしが作ります！」

わたしの申し出に、係長は目を丸くしたあと、すぐに困惑した表情を浮かべた。

「それは嬉しいけど……ダメだ」

「ど、どうしてですか？」

「ご飯を作るということは、家だろ？」

「は……はい。家、ですけど」

「また理性を失う恐れがある」

係長の顔は真剣だ。

そういえば、雨に濡れた日に係長の家へ行って、キスをされたんだった。

「あ……そ、そうでした」

うっかり軽い発言をしてしまったことを悔やむ。友達の家へお邪魔するのとはわけが違う。家に行くということは何をされてもいいということと同じ。付き合っているんだし、初めてはもちろん係長がいいけど……やっぱりもう少し時間が欲しい。

「じゃあ、わたしがご飯をごちそうさせてください」

「それも困るな」

「でも……」

「いや、わかった。やっぱり家にしよう」

係長は決心したように言い、眼鏡を押し上げた。

「いいんですか？」

「ああ。俺が理性を保てばいい話だ。それに、きみの手料理も食べてみたいしな」

期待されると困るけど、楽しみにしてもらえるのは嬉しい。

「簡単な物しか作れませんけど……係長をお腹いっぱいにしてみせます」

拳を握って言うと、係長はフッと目を細めた。

「じゃあ、お願いしようかな。俺の家でいいだろうか」

「はい。キッチンがわたしの部屋より広くて使いやすそうでした」

「そうか、それならいいな。帰りにスーパーへ寄って食材を買おう」

係長は車を発進させると、家のほうへと走らせた。

何を作ろう……男の人だしお肉がいいかな。そういえば前に係長の家へ行った時、食器があまりなさそうだったなぁ。

車窓の景色なんて眺めている余裕はない。わたしは頭をフル回転させ、数少ないレパートリーから係長にピッタリなメニューを探していた。家族以外にご飯を作るなんて初めて。どんな反応をされるのかと考えると緊張する。

……少しでも感謝の気持ちが伝わるといいな。

スーパーに着くと、係長が買い物かごを持ってくれて、わたしがその中へ食材を入れていく。新婚みたいでくすぐったい。

照れくさくなりながらも買い物をすませると、十五分ほど車を走らせて係長のマンションへ向かった。

部屋へ入ると、係長がピンク色のチェック柄のスリッパを出してくれる。いつわたしが来てもいいように、買ってくれていたらしい。係長は色違いで青色のスリッパを履いていた。

「係長、エプロンってあるんですか？」

「すまない、あまり自炊をしないものだからないんだ。さっき買えばよかったな、考えてなかったよ。今度買っておこう」

「その時はわたしも一緒に買いに行きたいです」

「そうだな。俺のセンスじゃ、変な柄を選んでしまうかもしれないしな。スリッパも迷って結局無難な物を選んだし」

係長が自嘲気味に笑うので、わたしは慌てて否定した。

「あっ、いえ、そうじゃなくて……単純に一緒に買い物したいだけです」

ふたりでひとつの物を選ぶ。その時間が楽しいから、一緒に買いに行きたいだけ。

「ああ……そうか。そうだな、そういうことか」

係長は思いもよらなかったのか、納得したように何度も呟いていた。

料理はロコモコを作った。お肉だし、野菜も取れるし、一枚のお皿に盛れる。決して手際がよかったわけじゃないけど、我ながら見た目も味も上出来だった。

「ご飯ありがとう、すごく美味しかったよ」

「お粗末さまです」

テーブルの上のお皿は空っぽになっていた。口に合ったようでホッとする。

「気づいたんだが、食器もひとり分だと何かと不便だな。あと、調味料は足りていたかな？　他にも必要な物があったら教えてくれ。また……一緒に買いに行こう」

「……はいっ」

〝一緒に〟と考えてくれたことが嬉しい。わたしは大きくうなずいた。

洗い物は係長がしてくれた。テレビがある部屋のソファに座って待っていると、両手にマグカップを持った係長がやってきた。

「はい、コーヒー」

「ありがとうございます」

差し出されたマグカップを受け取ると、係長はわたしの隣に腰を下ろした。

距離は拳二個分ほど。肩が触れそうで触れなくて、でも意識をしすぎているせいか、体温だけは伝わってくる気がして、もどかしい。

目の前にあるテレビはついているけれど、内容は全く頭に入ってこない。

「今度はどこか行きたいところ、あるかな？」

わたしひとりドキドキして落ちつかないのか、係長は平然とした様子でたずねてくる。わたしは考えるフリをしてコーヒーをひと口飲み、必死に平静を装った。

「んー……そうですね。社員旅行で行った島も、もう一度ゆっくり回ってみたいですし、冬になるので温泉もいいなぁ……なんて思います」

「ああ、温泉なら旅館で一泊するのもいいな。美味しい懐石料理も食べられるし」

「もー……係長、わたしが食べることばっかり考えてると思ってるんですか」

笑いながら係長の二の腕を軽く叩く。しかしノリで触れてしまったことに後悔した。

「そ、そういうわけじゃないんだが……」

係長と目が合う。本当は彼も意識してくれていたのか、眼鏡の奥の瞳がいつになく艶っぽい。ふいに近づいた距離に、胸がトクンと跳ねた。

「あ……す、すみません。つい……」

叩いたことを謝り、手を引っこめた。手の平にはまだ、係長の熱が残っている。

腕……結構、筋肉質だった……。

〝カオリ〟としてキスをした時、頭から抱きすくめられた。その時は緊張と、バレるんじゃないかという焦りがあったので、あまりわからなかったけど、見た目以上に引き締まった身体をしているみたいだ。

感触を思い出し、顔がどんどん熱くなっていく。

「あ……わたっ、わたし、そろそろ……」

このままでは顔が真っ赤になってしまう。意識していることを悟られる前に、帰ってしまおう。そう思って腰を上げようとしたら、係長に手首を掴まれた。

「か、係長……?」

係長を見ると、彼はハッとした様子で手を離した。

「す、すまない。無意識に引き止めてしまったようだ」

恥ずかしそうに指で鼻先をかく。耳がほんのり赤くなっていた。

「明日は休みだし、もう少しゆっくりしていくのはどうだろうか。帰りは送るよ」

「はい……」

「本当に、ちゃんと送るから」

「は、はいっ」

「嘘じゃない。日付が変わる前に送るよ。約束する」

わたしがうなずいても、係長は何度も「ちゃんと送る」と言葉にする。その目は真剣そのものだ。わたしを安心させようとしてくれているのだろうか。

「あの、わたし……係長のこと、疑ってませんよ。信じているので……大丈夫です」

「あっ、そ……そうか、俺が自分自身に言い聞かせているだけだな。って、何を言っているんだ、俺は。こ、コーヒーを淹れ直してくるよ」

係長はローテーブルに置いてあるマグカップをふたつ持つとキッチンへ行ってしまった。

……コーヒー、まだ冷めてなかった気がするんだけどなぁ。

そう思っていたら。

「あつっ……！」

キッチンでガタンとマグカップを落とす音が聞こえた。

「係長っ、大丈夫ですか？」

心配になってキッチンへ向かうと、係長は慌ててマグカップをシンクに置き直し、インスタントコーヒーの瓶を手にした。

「ああ、大丈夫だ。ちょっと手が滑っただけだから……わっ」

瓶のふたが弾けたように開く。中のインスタントコーヒーがバラバラとあたりに散った。わたしに返事をしながら開けていたからか、手元が狂ったらしい。

「わっ、掃除機……あ、でも夜遅いから……っ」

「い、いい。俺が片づけるからきみは座っていてくれ」

そう言うなり、係長は床を拭き始めたのでわたしは大人しく座って待つことにした。コーヒーは無事に淹れられるのかと心配になっていたけど、少し経つといい香りがするマグカップをふたつ持って来てくれた。

「心配かけてすまなかった。コーヒーの味は問題ないと思うから」

「ありがとうございます」

隣に座った係長にお礼を言うと、あることに気づいた。

「……係長、髪にコーヒーついてます」

「え、コーヒーはどんな飛び方したんだ。いや、俺が飛ばしたのか」

係長はブツブツ言いながら頭を振るが、髪の毛に引っかかって取れていない。

「待ってください。わたしが取りますから」

「ありがとう。助かるよ」

素直に頭を差し出す係長はなんだか子どものようでかわいい。わたしは髪に触ることにドキドキしながらも手を伸ばす。彼の髪は、どこか硬質な彫像のような見た目とは違い、やわらかい猫っ毛だった。

今まで、彼のことを怖い、冷徹だと思っていた。それが〝カオリ〟として出会ってから何度も違う面を見せられ、今もまた新しい一面を見せてもらっている。

動揺してカップを手から滑らせたり、コーヒーをまき散らしたり……こんなに素直に頭を差し出したり……かわいい。

思わずクスリと笑いが漏れてしまう。

「な、何かおかしなことがあったかな？」

わたしが笑っていることに気づいた係長は、そっと顔を上げた。

「係長って、髪が猫っ毛なんですね。意外だったので、つい」

「ああ、髪か。実は将来薄毛になりそうで心配なんだ」

「薄毛って」

今はフサフサしているけど。心配している係長が愛おしくてまた笑ってしまった。

「また笑うのか」

「すみません、かわいくて」

「かわいいって……」

係長は眉根を寄せ、嬉しいとも嫌とも言い切れない微妙な表情を浮かべている。

そっか……男の人にかわいいって褒め言葉じゃないよね。

「あ、いい意味で……っ」

改めようとしたけれど、係長に真剣な目で見つめられ、何も言えなくなった。

「きみのほうがかわいいって……わからないのか」

「都筑か、……んっ」

係長の大きな手の平が優しく頬に触れ、親指が唇をなぞる。くすぐったさに唇を震わせると、係長が顔を近づけてきた。瞳は艶を帯びていて熱っぽい。

この目を知っている。「理性が飛んだ」と言って、キスをされた時と同じ目だ。

どうしようと混乱するのに、拒めない自分がいる。キスは……したい。

係長が近づくにつれ、まぶたを閉じるとそっと唇が触れた。温かくて、身体の奥にじわりと火を灯される感じがした。触れただけのキスは上下の唇を啄《ついば》み、やがて深いものへと変わり始めた。

「んんっ……」

舌が唇を舐め、口内へと割り入ってくる。くちゅりと唾液が混ざり合う音がして、舌が貪《むさぼ》るようにうごめきだした。舌先が歯列や頬裏をなぞっていく。くすぐったい刺激に、背筋が甘く痺れた。

わたしも係長の動きに応えたいけど、どうやって返していいかわからない。息継ぎのタイミングもよくわからなくて翻弄されていると、いつの間にか息が上がっていた。

「んっ……詩織……」

初めて名前を呼ばれた。胸の奥がキュッと掴まれたように高鳴り、嬉しさがこみ上げてくる。

「せ、せいいちろ……さっ……」

「征一郎さん」と名前を呼び返したかったのに、それもできないほど、頭をかき抱かれ強く深いキスをされる。鼻先をこすりつけながら角度を変え、舌を吸い上げられると、くらくらと目眩がしそうになった。

与えられるキスに少しずつ慣れてきていると、わたしの肩を抱いていた征一郎さんの手にどんどん力がこもっていくのを感じた。そのままソファの背もたれに身体をあずけ、征一郎さんが覆いかぶさるような状態になる。すると、彼の手がわたしの胸元に伸びてきた。

え……ど、どうしよう。もしかして……このまま!?　ま、待って、心の準備が――！

「わ、悪いっ」

わたしが彼の服をギュッと掴んだので、焦りが伝わったのか、征一郎さんが勢いよく身体を離した。口元を押さえ、顔は真っ赤に染まっている。

「すまない。理性を保つと言ったのに……俺は……っ」

また理性を失ってしまったことがショックだったらしい。征一郎さんは両手で頭を抱えこむと、背中を丸めた。

「あ、あのっ、大丈夫……です。まだ心の準備ができてないんですけど、嫌というわけではないので……」

「ああ、ありがとう。俺もきみを大事にしたい気持ちはあるんだ。なのに、それ以上に求める気持ちが強くなってしまって……いや、思い出すとまずいな」

征一郎さんはコホンと咳払いすると、そんなに乱れてもいないのに、衣服をピシッピシッと伸ばした。

「よ、よし。コーヒーを淹れ直してこよう」

「いいです、いいです！　まだ冷めてませんから」

「あ、そうか……」

征一郎さんはマグカップに伸ばした手を引くとソファに座り直した。わたしは激しく脈打つ胸を落ちつけるため深呼吸する。

緊張した……周りのみんなはあれ以上のことしてるっていうのに、情けないなぁ。

自分の未熟さを実感していると、隣に座っていた征一郎さんはため息をついた。

「なんだか……情けないところばかり見せている気がする」

「そんなことありませんよ。わたしのほうが……」

「いや、きみが部屋にいることで完全に舞い上がってしまったようだ。今度はもっと冷静に……っと、勝手に次の話を進めてはいけないな」

「いいえ、次はわたしも心の準備をしますので。今日は征一郎さんの気遣いに甘えてしまいましたけど、本当はちゃんと受け入れたいんです。今度は頑張ります」

言い終えると、征一郎さんは顔を逸らした。

〝頑張る〟と宣言することじゃなかったかな……。

「せ、征一郎さん……？」

不安になって彼の顔をそっと覗きこむと、目の前に手の平を向けられ、止められてしまった。

「話しかけないでくれ」

「え？」

「今、必死に本能と戦っているんだ」

そ、そういうことですか……。

とりあえず、気分を悪くしたわけではなかったようだ。ホッとして、征一郎さんが落ちつくまでテレビを見るフリをした。

それから気を取り直した征一郎さんは「頑張るなんてずるいだろう。嬉しすぎてまなかった。

わたしのマンションには日付が変わる前にちゃんと送り届けてくれた。

「送ってくださって、ありがとうございました」

「ああ」

征一郎さんの返事は短い。

……もう少し、一緒にいたいけど……そうもいかないよね。

名残惜しく思いながら、ドアに手をかけると、それと同時にロックがかかった。

「征一郎さん、ロックが……」

間違えて押しちゃったのかな。

征一郎さんのほうを見ると、運転席にあるスイッチに手が伸びていて、〝間違えた〟というよりは〝確信的〟にロックをかけたように思えた。

「やっぱり、もう少しドライブをして帰らないか？」

「……はいっ」

わたしが嬉しさを堪えきれずに大きな声で返事をすると、征一郎さんがクスリと笑った。

車がゆっくりと発進する。帰るはずだったマンションが遠ざかっていく。

時計は〇時を回った。でも、まだ隣には大好きな征一郎さん。

フロントガラスの向こうに広がるキラキラとした夜の世界が、永遠に解けることない魔法をかけてくれているようだった。

特別書き下ろし番外編：新たな関係

「征一郎さん……じゃなくて、会社では〝都筑係長〟。間違えないようにしないと」

月曜日の朝。洗面所の鏡を覗きながら、自分に言い聞かせる。いくら総務部の人にわたしたちの関係がバレているとはいえ、公私をわけるのは社会人として当然のこと。

それでも、征一郎さんに会えると思うと、仕事へ行くことが嬉しくなる。その心は抑えきれなかった。

パンプスを履いた足は軽やかで、満員電車でも苦痛に感じない。駅から歩いて十分の職場へ向かうと、朝日が自社ビルを眩しく照らしていた。

ガラス張りの正面玄関を入り、混み合うエントランスでエレベーターの列に並ぶ。

「あっ……！」

エレベーターで並んでいる男性たちの中に、征一郎さんを見つけた。このまま順当にみんなが乗りこんでいけば、一緒のエレベーターになりそうだ。

「お、おはようございます」

少し気恥ずかしさを感じながらすし詰めのエレベーターに乗りこむ。征一郎さんはドアの近くに立っていて「開」のボタンを押していた。

「おはよう」

征一郎さんはこちらを一瞥《いちべつ》すると、すぐに顔を逸らした。

あれ？　征一郎さんの挨拶ってこんなに冷たかったっけ……。

いや、こんなもんか。冷たいと感じるのは、彼の甘い顔を知ってしまったからかもしれない。それとも、わたしがひとりで舞い上がりすぎているだけかな……。

階数表示がひとつ進むごとに人が降りていき、エレベーター内の人が少なくなっても、征一郎さんはわたしのほうを向いてくれない。

ちょっとだけ話したいなぁ。

今は就業時間前だし、一緒に乗っている人も開発部に所属する派遣の人のようだから、わたしたちのことは名前も知らないと思う。

……話しかけても大丈夫かな。

横目で征一郎さんの様子をうかがうけど、彼は依然として表示板を見つめたまま。

エレベーターを降りた時に声をかけようとしたら、他のエレベーターから降りてきた経理課の人がわたしより先に征一郎さんに話しかけていて、タイミングを失ってしまった。

まぁ……公私はわけて当然って思っていたし。それにわたしより真面目な征一郎さんのことだから、もっとハッキリ区別をつけていて当たり前なんだ。

残念がる自分に言い聞かせると、更衣室で制服に着がえて仕事の準備を進めた。

昼休みは美穂と一緒に食堂で取ることにした。混み合う中で空いている席を見つけ、そこに座る。隣には、社内恋愛をしているふたりが座っていた。彼女の手作りらしいお弁当をつつき合っている。完全にふたりの世界だ。ちょっとやそっと大きい声で話をしても、こちらを気にすることはないだろう。

美穂はチラリとふたりを見たあと、呆れ顔でため息をついた。

「詩織たちがあんなふうに、人目もはばからずにイチャつくカップルじゃなくてよかったわ。付き合い始めたばかりだから、ちょっと心配だったけど、さすが都筑征一郎さまね」

感心しながら、大根おろしのソースがかかったチキンカツを頬張る。

「うん、征一郎さんはわたしより真面目だから」

「残念そうね……もしかして詩織は社内でイチャつきたいって思ってたの？」

「まさか、そんなわけないよ。でも、ふたりきりの時は少しくらい話がしたいって思うかなぁ」

会話もないし、挨拶すら素っ気ない。せめて目が合った時ぐらい笑いかけてくれたら……と思うけど、不器用な征一郎さんらしく、そうはいかない。

事務室ではパソコンを見つめたままで、ひと気がない廊下ですれ違っても会釈だけで目を合わせてくれるのは一瞬。アイコンタクトを交わすことさえできない。

「まぁ、それくらいがいいんじゃないの。盛り上がりすぎてもすぐに終わっちゃうかもしれないし、社内でイチャつかれても目のやり場に困るからね。今みたいに」

「そ……そうだよね」

わたしもその経験はあるし、営業部の彼氏が出張先で浮気をしたからといって、持って帰ってきた出張旅費の請求書を経理課の彼女が処理に回さなかった、という、仕事に私情を持ちこんだ話も聞いたことがある。そんなふうにはなりたくない。それは征一郎さんも同じ考えだと思う。

「あっ、そういえば週末のデートはどうだったの？」

美穂は思い出したように声を上げると、目をランランと輝かせてたずねてきた。

「た、楽しかったよ」

若干、美穂の勢いに押されながら答えると、彼女は詳しく教えてとばかりに、身を乗り出してきた。

「楽しかったって……それだけじゃわからないじゃない。係長とどんなデートするの？　全然想像つかないんだけど」

「どんなって……観光地とか街中をブラッと歩いたり、お店に入った時は洋服とか靴を一緒に選んでくれたり……」

「えっ、あの係長とレディースの店に入るの？」

「う、うん」

美穂がただでさえ大きい目をさらに見開いて驚くので、わたしは圧倒されながらうなずく。

「ありえない……しかめ面で立ってるイメージしかできないんだけど。しかも、ちょっとでも迷ってたら『どれとどれで迷ってるんだ。これから寒くなるんだから暖かいものにしろ』とか、機能的なことしか言わなさそう」

「そんなことないよ。そりゃ、美穂が理屈っぽい征一郎さんを想像するのはわかるけど……ちゃんとかわいい物を選んでくれたし、しかもプレゼントしてくれたんだよ」

「えー……プレゼント⁉︎　やっぱり想像つかないわ」

美穂は信じられないとばかりに、左右に首を振る。

「でも、よかったね。係長、優しいじゃん」

「うん、優しすぎるくらい。なんだか、プレゼントされてばかりじゃ悪い気がしたから、わたしは代わりにご飯作ったんだけど……それだけでよかったのかなぁ」

わたしが呟くと、美穂は「いいんじゃないの」とケロッとした顔で言った。

「係長はしたくてしてるんだろうし、詩織の感謝の気持ちも伝わってると思うよ。それに恋愛下手な人は結構尽くすタイプが多いしね。甘えちゃえばいいのよ」

「そうなんだ……わ、わかった」

美穂の恋愛経験をすべて聞いたことはないけど、いろんな人と付き合ってきたみたいだ。わたしにとっては頼もしい。

「それより、ご飯作ったってことは、どちらかの家に行ったってこと？」

「うん、征一郎さんの家にお邪魔して作ったよ」

「で、どうだったの？」

美穂が間髪いれずに聞いてくる。

「大丈夫、ちゃんと成功したよ。残さず食べてくれたし」

「わたしが聞きたいのは料理の出来じゃなくて……ほら、いい雰囲気になったりして関係が一気に深まったりしなかったの？」

美穂がどこか楽しそうなのは、征一郎さんの違う一面を知れるからか、それともわたしと恋バナができるからか。できれば後者であってほしい。

……まぁ、征一郎さんの違う一面を知ったところで、美穂にとっては好きになるきっかけではなく、面白いネタにしかならないんだろうけど。

ただ、期待には応えられそうもない。

「征一郎さんとは……何もなかったよ」

おずおずと告げると、美穂はちょっとだけ意外そうな顔をしたものの、さほど驚いてはいないようだ。

「そうなの？　結構奥手なのかな……係長らしいといえばらしいけど。大事にされてるんだね」

「うん……ちゃんと、考えてくれてるみたい」

征一郎さんはわたしの心の準備ができるのを待ってくれている。その優しさはヒシヒシと伝わってきた。

昼休憩が終わって、仕事を再開していると、総務部に上川くんがやってきた。手にスーツのジャケットとカバンを持ち、額には汗をかいている。外回りから戻ってきたところのようだ。美穂に経費関係の書類を渡すと、ニコニコしながらこちらにやってくる。

「加藤さん、お疲れさまです」

「お疲れさま。総務課にも何か提出する書類があるの？」

「書類ではないですが、名刺の注文をお願いします」

「名刺ね、了解」

忘れないうちに引き出しから注文書を出して書く。そのまま上川くんは立ち去るのかと思いきや、わたしのそばにしゃがみこんで小声でささやいてきた。

「……で、あれから都筑係長とどうなんですか？」

「ちょ……っ！」

突然の質問に焦り、周りを見渡す。誰にも聞こえていないようだし、武田さんがお手洗いで席を外していたことは助かった。

「係長、ちゃんと優しくしてくれてますか？」

「う、うん。大丈夫だよ。というか、あの……会社でこんな話は……」

上川くんを止めようとしたけど、彼はそれに構わずしゃべり続ける。

「あの人、恋愛に疎そうですけど、リードしてくれてるんですか？　楽しいデートはできていますか？」

「上川くんが心配することじゃないよ。それに、会社でこういう質問はしてこないで」

なんだか征一郎さんが頼りないと言われている気がしてムッとしてしまい、強く言い返してしまう。しかし、上川くんは悪気なく質問していたのか、キョトンと目を丸くした。

「あれ、ダメだったんですか？　付き合っていることを堂々と宣言したと聞いたので、いいのかと思ってました」

「付き合っていることは隠してないけど、今は仕事中だし」

「じゃあ、仕事が終わったら教えてくれますか？　そういえば、前からお誘いしている食事にもまだ行けていませんでしたね。いつにしますか？」

上川くんはカバンからスケジュール帳を取り出すと、ページをめくりだした。わたしは慌ててそれを止める。

「ちょ、ちょっと待って、上川くん。前から……って、名刺を作ったお礼のことだよね。それなら本当に気にしなくていいよ」

どこまで義理堅いんだろう。わたしは総務課として当たり前のことをしただけだし、上川くんは好意を断られているんだから、わたしに対して気まずかったり、会いたくないと思ったりしても不思議じゃないのに。

このフランクさが上川くんの魅力といえば、そうなんだけど。

感心していると、経理課にいる征一郎さんが上川くんを呼んだ。

「上川くん、ちょっとこの書類を持って帰ってほしいんだが」

「はい」

しゃがみこんでいた上川くんはスケジュール帳をカバンにしまい、すっくと立ち上がると、爽やかとしか言いようがない営業スマイルを浮かべた。

上川くんが征一郎さんのそばまで行くと、何やら書類を見せられ、注意されていた。

「わからないことや気になること、なんでもいいからすべて俺に聞いてくれ」

「はい、わかりました」

注意しているはずの征一郎さんは切羽詰まって見え、逆に上川くんは涼しい顔をして余裕たっぷりにうなずいている。

「本当にわかっているのか？　他の誰でもない、俺にだぞ」

「わかりましたよ、大丈夫です」

「……わかったならいいけど」

征一郎さんはまだ納得していないようだ。上川くんは彼から書類を受け取ると、肩を震わせながら帰ってきた。うつむき加減の顔は怒っているわけでも泣いているわけでもなく、笑っている。

「……どうしたの？」

「いえ、都筑係長って、知れば知るほどイメージが変わるなぁって思いまして」

「係長のイメージが変わる……？　どういうこと？」

征一郎さんからもらってきた紙をピラリとわたしに差し出してくれる。その瞬間、「あっ……！」と征一郎さんの声が聞こえたが、周りの視線を感じたのか、すぐに「なんでもない」とパソコンに向き直っていた。

征一郎さん、どうしたんだろう……。

疑問に思いながら、上川くんが差し出してくれている紙を見る。そこには流麗な文字で『加藤さんを困らせないでくれ』とだけ書かれていた。

「都筑係長、俺が加藤さんを質問攻めにしていること、気づいていたみたいです。よく見てますね」

「征一郎さん……」

上川くんの前で、思わず彼の名を呟いてしまうほど嬉しさが胸に溢れていた。

「俺としてはもうちょっとだけ、加藤さんを困らせたかったんだけどなぁ」

「か、上川くん？」

ニヤリと口の端を上げる上川くんに、背筋がゾクリと冷える。

「加藤さんの困り顔、なかなかいいですから」

「う、嬉しくないんだけど」

上川くんの征一郎さんに対するイメージが変わったように、わたしも上川くんを知れば知るほど、爽やかな笑顔の裏に潜む顔が見えてきた。

実はSっ気があるんだ……。

「褒め言葉なのになぁ」

「か、からかわないでよ」

わたしが上目で軽く睨むと、上川くんは参ったように笑った。

「すみませんでした。お詫びにその紙は加藤さんにあげます。愛を感じますよね。宝物にしてください」

上川くんはそう言うと、ペコリと頭を下げて事務室を出ていった。

この紙は上川くんの言う通り宝物にしよう。

わたしは大事に折りたたむと、バッグにしまった。


そのあとも順調に仕事を終わらせ、残業もなく家に帰った。

ご飯を食べ、お風呂へ入って寝る前の一連の流れをすます。ベッドに潜りこむと、スマホを手にした。

「征一郎さんも、もう帰ってるよね……メールしていいかな」

わたしが帰る時、彼はまだ忙しそうに仕事をしていた。

【お疲れさまです。お仕事、終わりましたか？】

こんな感じかな。短い文章でも、読み返してから送信する。すると、すぐにスマホの音が鳴り響いた。メールの受信ではなく電話。相手は征一郎さんだ。

「は、はい」

高鳴る胸を押さえながら出る。

『お疲れ。今、仕事が終わって会社を出たところだ』

征一郎さんの低い声とともに、周りの音が聞こえてくる。会社から駅へ向かう最中にかけてくれているようだ。

「今、終わったんですか⁉　遅くまでお疲れさまです」

わたしが寝る準備を整えている間も、征一郎さんは忙しく働いていたんだ。

「電話……ありがとうございます」

忙しいのに、こうして合間を見つけて電話をくれる優しさに、胸の奥が熱くなる。

『いや、俺がかけたかっただけから。詩織からのメールを見たら、声が聞きたくなって……会社から出たら無意識に電話していた。迷惑じゃなくてよかったよ』

征一郎さんは安堵の息をつくと、微かに笑った。名前で呼ばれるのはまだくすぐったい。

「迷惑じゃないですよ。会社では話ができなかったので、嬉しいです」

『そうか、それならよかった。俺もきみと話したかったんだけど、会社ではなかなか難しいな……変に意識してしまって挨拶は冷たくなるし、声をかけるタイミングがわからない。昼間はつい取り乱してしまった』

昼間……とは、上川くんとのことだろう。

「わたしとしては征一郎さんが守ってくれたみたいで心強かったですよ」

それに、取り乱した姿も実は好きだったりするから、本当に嬉しかった。

わたしの答えを聞いた征一郎さんは急に黙り込んだ。

「せ、征一郎さん？」

『あっ、わ、悪い。つい今のきみの言葉を反芻《はんすう》していた。電話中にするべきことじゃなかったな。……というか、反芻するなんて気持ち悪いか』

征一郎さんがしどろもどろになっているのがわかる。ひとりでオタオタしている彼を想像すると、おかしさとかわいさで自然と頬がゆるんだ。

『あっ、もう駅に着いてしまったか……』

残念そうな声色に、さらに頬がゆるむ。

「では、気をつけて帰ってくださいね」

思いのほか明るい声が出た。それは、さっきから征一郎さんの残念に思ってくれている気持ちが伝わってきて、寂しいより嬉しい気持ちのほうが大きくなっていたから。

『……きみはあまり寂しそうじゃないんだな』

征一郎さんが拗ねたようにたずねてくる。

「そんなことないです。わたしも寂しいです……けど、征一郎さんには帰ってゆっくりしてほしいですし」

昼間も忙しそうにしていたから身体が気になっていた。

『そうか……まぁ、その気持ちはわかるな。きみが残業していたら心配だし、早く帰ってほしいと思うから』

「征一郎さん……」

優しさが伝わってきて、胸がジンと温かくなった。

征一郎さんは恥ずかしかったのか「あっ、そうだ」と慌てて言葉を続けた。

『土曜日は時間あるかな？』

「は、はいっ！　大丈夫です、空いてます！」

つい二日前にデートしたばかりだというのに、嬉しさで声が弾む。勢いよく返事をしたからか、征一郎さんがクスリと笑った。

『それなら、よかった。どこかでかけよう』

「はいっ」

わたしが返事をすると、電話の向こうから電車が到着するアナウンスが聞こえてきた。

『……それじゃあ、おやすみ』

「おやすみなさい。土曜日、楽しみにしています」

わたしは電話を切ると、幸せな気分で眠りについたのだった。


約束した週末。わたしと征一郎さんは大型ショッピングモールへやってきていた。前に話していた、征一郎さんの家で必要なエプロンやお皿、調味料を買いに来たのだ。

「このエプロン……ちょっとかわいすぎませんか？」

わたしは征一郎さんが選んだ白のフリルがついたエプロンを胸に当てて首をかしげ

る。腰についているヒモを後ろで結べば、Aラインでふんわり広がるものだ。家ではブラウンのチェック柄をした地味なエプロンをしているので、慣れないロマンチックなデザインに戸惑ってしまう。

征一郎さん……こういうのが好きなのかな。王道といえば、王道だけど……今どきではないような。姫系といえば姫系だし、好きな人は着るんだろうな。

「嫌か?」

「嫌というか……似合わない気がします」

わたしの微妙な顔に気づいたらしく、征一郎さんも残念そうに眉を下げている。

「そうかな。似合っているし、かわいいと思ったけど、きみが嫌なら仕方ない。諦めよう。確かに白は汚れが目立つし、宅配業者に見られる可能性だってあるしな……」

征一郎さんは残念そうに眉を下げると、ひとりでブツブツと呟いていた。

結局エプロンは、征一郎さんが用意してくれていたスリッパと合わせて、ピンクのチェック柄を選んだ。

食器は白を基調としたものをふたり分揃え、調味料や冬に備えてお鍋も買った。同棲するわけでもないのに、気が早いなと思いつつも、どちらも何も言わなかった。

あらかたの買い物がすむと、最後に調味料を買うために食料品売り場へ向かう。

「そういえば、きみが作ってくれたご飯、美味しかったな」

買い物かごを持った征一郎さんが、調味料を選ぶわたしの隣で呟いた。しみじみと言われると、本音で言ってくれているのだとわかり嬉しくなる。

「ありがとうございます。よかったら、今日も征一郎さんの家で作りましょうか？」

「えっ……あ、そうだな……」

征一郎さんが口ごもる。わたしも言ってしまってから気づいた。気軽に「家へ行く」と言いすぎてしまった。

でも、この前は驚いたし、焦ったけど、もっと……と征一郎さんを求める気持ちもある。これって、心の準備ができたということじゃないかな。

「む……無理に、とは言わないんですけど……せっかくエプロンも食器も買いましたし。それに、ふたりでゆっくりできるなぁと思いまして」

どうしても店でご飯を食べると、そのあとはドライブして送ってもらって別れることとなる。それはそれで楽しいし車の中で話もできるけど、何も話さなくていいからまったりとした時間を過ごしたいと思った。

わたしがためらいがちに言うと、征一郎さんは少し考えたあと口を開いた。

「ゆっくりできるのはいいな。じゃあ、ご飯……お願いしていいかな」

「はい、任せてくださいっ」

わたしは大きくうなずいて、何を作るか考え、食料を選ぶことにした。

ご飯はきのこをたっぷり使った和風パスタと、海藻と豆を使ったサラダを作った。簡単で、作り慣れているので失敗がない。

「ど、どうですか……？」

「ああ、優しい味がする。美味しいよ」

征一郎さんのほころぶ顔を見て、作っている時から感じていた緊張が一気にほぐれた。今回もすべて残さず食べてくれ、洗い物は征一郎さんがやってくれた。そして、またコーヒーを淹れてくれた。

ソファに並んで座って、テレビを見ながらたわいない会話を交わす。この時間が心地よくて好き。

「へぇ……この映画、アカデミー賞取ったんだぁ」

リラックスしすぎたせいか、ついひとりで家にいる感覚で口にしていた。

テレビには洋画の宣伝が流れている。ラブストーリーで、綺麗な映像とともに重厚なストーリーを強調するキャッチコピーが映し出されていた。

「来週から公開だな。見に行く？」

「行きたいです……あっ」

「どうした？」

「いえ……来週の土日は都合が悪いんでした。大学時代の先輩が結婚することになって、サークルのみんなと打ち合わせをするんです。すみません」

久しぶりに大学時代の人たちと集まるのは楽しみだけど、せっかく征一郎さんが誘ってくれたのに申し訳ない。

残念な気持ちでうなだれていると、征一郎さんがそっと頭をなでてきた。

「構わないよ。また別の日にいけばいい話だ。それより、大学のサークルということは、男性もいるんだな？」

「そ、そうですけど……」

ちょっとだけ低くなった声音を不思議に思い、彼の顔を上目で見る。

「心配だな……」

「だいじょ……んっ」

「大丈夫」だと言おうとしたら、征一郎さんの顔がそろりと近づいてきた。

「……詩織」

低く切なさをはらんだ声に、耳から首筋へと痺れが走る。全身がキュンとした震えにさいなまれ、わたしはまどろみながら彼のキスを受けた。

重ねただけだった唇を、ゆっくりと舌で舐め上げられる。彼は濡れたわたしの唇に舌を挿し入れると、口内をまさぐりだした。わたしの舌を見つけると舌先で擦り上げ、吸い上げる。

「せ、いちろ……さん」

嫌じゃない。この前みたいに戸惑うばかりじゃなくて、応えたい思うし、もっと欲しいと思う。

チュッチュッと音をたてて、わたしの唇を吸った征一郎さんは、そのまま首筋に顔をうずめた。

征一郎さんに任せればいいのかな……わ、わかんない。

何をしていいかわからないので、わたしはソファに背をあずけると、彼の行為に身体を任せ、与えられる刺激を味わうように目を閉じた。

征一郎さんはわたしの耳の下にキスをし、舌を這わせながら首筋へと滑っていく。肩に置かれていた手は胸元へとおりてきた。

「詩織……」

「んっ……」

征一郎さんの大きな手が、わたしの胸を服の上から揉み上げる。円を描きながら形と弾力を確かめるような手つきに、刺激が背筋を駆け抜けた。何度もリズムを変えて揉み上げられ、身体が火照りだしていく。よくわからないけど、先ほどより胸も敏感になっている気がする。

征一郎さんの手がひと際大きく動き、下着と胸の頂が擦れた瞬間、無意識に身体がビクンと跳ねた。

「あ……んっ！」

自分でも恥ずかしくなるくらい甘い声が出た。すると、征一郎さんの手がバッと胸元から離れる。

「せ……征一郎さん……？」

変な声を出したから？　声が大きかった？

何が正しいのかわからなくて、不安になって顔を見る。

「……わ、悪い。嫉妬して襲うなんて……俺は何をしているんだ。頭を冷やしてくる」

それだけ言うと、ローテーブルに足を引っかけて転びそうになりながら、トイレに行ってしまった。残されたわたしは乱れた衣服をそのままに、茫然としていた。

嫉妬……って、サークルの人たちに？　本当にそれだけ？　もしかして、わたしが普通じゃなかったのかな？　胸を触られただけで声が出るなんて……。いやらしかったのかも。

悶々と考えていると、征一郎さんがトイレから出てきた。

「さっきはすまなかった。……そろそろ、送るよ」

「はい……」

征一郎さんは気を取り直しているようだけど、目を合わせてくれない。小さなことが気になってしまう。

征一郎さんに送ってもらい、わたしのマンションの前まで来ると、車を停めた。

「今日はすまなかった……やっぱり、家に呼ぶのは早かったみたいだ」

「い、いえ……」

早かった？　でもわたしは心の準備ができたと思ったから、征一郎さんの家に行ったのに。

出したこともない声が出たけど、他の女の人と比べたら変な声なのかな……。だから、征一郎さん……途中でやめちゃった？

彼のことだからわたしのことを思ってやめたのだと、思ってはいても怖くて聞けない。それに、もしわたしが「変だった？」と聞いても、彼は優しさから「そんなわけない」と言うだろう。わたしは部屋に戻ってからも、先ほどのことを考えてしまい寝つくことができなかった。

月曜日の昼休み。周りに会話を聞かれたくないので、美穂とふたりでベーカリーショップへ行った。

「それは詩織を思って、都筑係長は我慢してくれたんでしょう」

美穂に土曜日のことを話すと、真剣な顔つきでそう言ってくれた。自分だけではなく、他の人もそう思ってくれていることに安心する。

「そうだよね。わたしが変だったわけじゃないよね」

「うん、詩織は変じゃないよ。むしろ、そこで止められた征一郎さんのほうが変」

キッパリと言い切る美穂の言葉にうろたえてしまう。

「そ、それってやっぱりわたしに原因があるんじゃ……」

泣きだしたい気持ちになっていると、美穂は慌てて否定した。

「悪い意味じゃなくて、いい意味での変よ。尊敬の意もこめてね。自分の家で、邪魔者はいなくて、詩織も感じてきているっていうのに、よく我慢できたなぁって。そこまで大切にしてくれる人、なかなかいないわよ」

美穂は感心したように何度もうなずいている。

わたしも征一郎さんに大切にされているんだと切実に感じる。それを感じるからこそ、わたしももっと彼に応えたほうがいいんじゃないかと思う。

深いキスの先は、身体を重ねること。知識がないわけじゃないけど、何かで学んだほうがいいよね。

わたしは仕事からの帰り道、本屋へ寄って『セックス特集』と書かれた女性雑誌を買うことにした。

レジへ持っていくのは恥ずかしかったけれど、征一郎さんと素敵な夜を迎えるためならなんてことない。わたしは家に帰ると、ご飯やお風呂を手早くすませ、ローテーブルの上に置いた雑誌の前で正座し、ゴクリと唾を飲みこんだ。

「よ、よし……」

本屋でどんな内容だろうかとパラパラとめくった時、過激な言葉や赤裸々なアンケート、外国人のカップルが絡んでいる白黒の写真などが載っていた。こういったカップルに関する雑誌を買ったことがないわたしには刺激が強く、動揺したままレジへ向かったのだった。

今はひとりだというのに、それでもドキドキしてページをめくる手が躊躇《ちゅうちょ》してしまう。意を決してページをめくると、飛びこんできたアンケート結果の数字に驚いた。

「は、初体験の年齢が十六から十八歳が三十パーセントも……⁉」

ないないないない！　そのころのわたしは先輩にビクビクして、恋愛なんて考えたことがなかった。

「えっ、彼氏以外とセックス……アリが半分も⁉　一夜限りなんてありえないっ」

あまりにも自分とかけ離れたアンケート結果に開いた口が塞がらず、この雑誌が本当に参考になるのか疑問に思ってきた。

「ま、まぁ……他人事と思いながら、読めばいっか」

そうだよ。征一郎さんが大切にしてくれているんだから、わたしは何も気にしなくても……。

そう思いながら読み進めていくと、体験談のページになった。

「あ、二十四歳初体験の話が載ってる……！」

わたしは正座をくずし、かぶりつくように読み始めた。

そこには、初体験の時に緊張のあまり声も出ず、身体を動かすこともできず彼氏にフラれた女の子の話が載っていた。それとは逆に「声がうるさい」と言われる子もいたり、さらには「ぽっちゃりしているところが好き」と言われていたのに、いざ裸を見せたら「萎えた」と言われてフラれたという話も載っていた。

「や、やばいよね……わたし」

声は少し洩れるくらいがいいみたいだから、気をつけなくちゃ。

ぽっちゃりだと言われたことはないけど、征一郎さんといると美味しいものを食べることが多くて、最近食べすぎている。体重も増えていたし、心なしかお腹の肉もついたような……。

「初めてだっていうことはバレているんだし、知識よりも裸を見られても大丈夫な身体になることのほうが大事かも」

もともと自分とかけ離れたことを書いている雑誌だから、できないことはサラリと読み流して、代わりにダイエットを頑張ろう。

わたしは気合いを入れると、気休め程度に腹筋とスクワットをして眠りについた。


それから数週間、征一郎さんは仕事で忙しく、わたしも余興の打ち合わせで忙しくて、メールや電話はするものの、ふたりで会う機会がなかった。その間も、わたしは毎日せっせと腹筋と、スクワット、腕立て伏せをして、ご飯も少なめにした。成果はまだ出ていないけど、これからだと思うことにしている。

準備万端で臨んだ結婚式は大成功だった。新郎新婦はもちろん、ふたりの家族も喜んでくれた。

式が終わり、サークルのみんなで会場から駅まで向かう。

「いい結婚式だったな。俺も今年こそ結婚するぞ」

「今年結婚って……もうあと二ヵ月もないぞ。お前、相手を探すところからスタートだろ？　馬鹿なこと言ってないで地道に婚活しろよ」

「そうだよ。ていうか、それより先に安定した職についたほうがいいと思うよぉ」

結婚したいと言った男の先輩は、みんなから一斉に突っこまれていた。気を遣わない仲間同士なので言いたい放題だ。

たわいない会話を聞きながら、わたしは征一郎さんと結婚できるのかな……と考えていた。

「そういえば、詩織はつき合ってる人いないの？」

突然話を振られて、何もないところでつまずきそうになった。

「えっ……と、いっ、いるよ」

彼氏の有無を聞かれて「いる」と答えるのは初めて。嬉しさと気恥ずかしさで少し

「やっぱり！　結婚式だからとはいえ、なんか綺麗になったと思ったんだよなあ。どこで出会ったんだよ！」

みんなが口々に声を上げている。わたしは照れくさくなって「職場の人」とだけ答えた。すると、次から次へ矢継ぎ早に質問が飛んでくる。

返答に困っているとちょうど駅に着いた。

「もっと詳しく話を聞かせて！」とお店へ連れて行かれそうになったが、疲れていたので、みんなの誘いを振り切って改札へと急ぐ。

帰り道は、征一郎さんとの結婚式の妄想をした。どんなウエディングドレスを着ようか？　誰を招待しよう？　ワクワクしながら家へと帰った。

「あれ……征一郎さんから電話があったんだ」

部屋に入ってスマホを確認すると着信があった。時間はちょうど、わたしが駅にいる頃だ。すぐにかけ直すと、彼は五コール目で出てくれた。

「征一郎さん、電話ありがとうございます」

『……いや』

電話に出た彼の声は心なしか元気がない。

だけうつむいた。

「……あ……あの、どうかしましたか？」

何かあったのだろうか。このまま別れでも切り出されるんじゃないかと思ってしまうほど暗い雰囲気に、ビクビクと怯えながらたずねた。

『きみは……いつの間に……』

「え？」

『いや、なんでもない』

征一郎さんがひとつ息を吸う気配があった。それから気を取り直したように話し続ける。

『確か結婚式は今日だったよな。来週は……時間あるかな？』

「あっ、はい！　もちろんです」

元気がないと思ったのは、わたしの勘違いだったのかな……。

なんにせよ、来週会えるのは嬉しい。

『せっかくだから、一也と麻子さんを誘ってテーマパークでも行こうか？』

麻子と一也さんも一緒に……ということはダブルデート？

征一郎さんからの思いもよらない提案に驚きつつも、わたしはふたつ返事で了承した。

麻子たちとダブルデートの約束をした週末は、空が高く、心地よい風が吹く秋晴れだった。

「今回のダブルデートって、都筑さんから言いだしたんだって？」

多くの人で溢れているテーマパークで、アトラクションの列に並びながら麻子が聞いてくる。征一郎さんと一也さんは先ほどのジェットコースターで体力を使ったらしく、ベンチで休んでいた。

「わたしもビックリしたんだけど……こういうのも楽しいよね」

提案された時は何か深刻に考えているのかと思ったけど、もしかしたら出会わせてくれたふたりに、今のわたしたちを見せて、感謝の気持ちを伝えたかったのかもしれない。

「うん、楽しいんだけど……詩織はふたりきりじゃなくてよかったの？　わたしと一也は付き合いが長いからこういうのも新鮮でいいんだけど、付き合い始めってふたりきりでいたいとか思わない？」

「うーん……まぁ、わたしたちは会社でも会えるから」

とはいえ、本音はふたりきりになりたい。でも、征一郎さんがそうはしてくれない。どうしたんだろう……わたしを避けているような、わざとふたりきりになるタイミングを外されているような……。

「都筑さんもたまにはいいかも……って軽く思ったのかもしれないよね。あ、わたしたちの番が来たよ」

「そうだね」

麻子に促され、わたしはコクリとうなずくとアトラクションに乗りこんだ。


アトラクションから降りると、征一郎さんと一也さんが待つベンチへ向かう。わたしたちが近づくと、ふたりは腰を上げた。

「麻子、楽しかった？」

一也さんは人懐っこい笑みを浮かべて麻子に聞く。彼女の乱れた髪をさりげなく直している様子がとても自然で、付き合って長いことを感じさせた。

「うん、面白かった。いっぱい叫んだから、喉渇いちゃった」

麻子が喉を押さえながら言うと、一也さんはポケットを探りだした。

「そっか。俺も喉渇いたし、休もうか。征一郎、いいかな？」

「ああ。じゃあ、飲み物買いに行くか」

「あ、それなら俺と麻子はお茶でいいからさ。お前と詩織ちゃんで買ってきて？」

一也さんはニヤリと口元をほころばせて、征一郎さんに千円札を差し出す。わざと、わたしたちをふたりきりにしようとしてくれているらしい。

「なっ……お前は行かないのか？」

「俺は麻子とここで待ってるよ。悪いけど、お願い」

征一郎さんもそれに気づいたらしく、目を見開いて驚きながら一也さんを見ていたが、やがて観念したのかため息をついた。

「……わ、わかったよ。詩織、行こう」

「はっ、はい……」

ギクシャクした口調で誘われ、わたしは彼の後ろをおずおずとついて行った。

久々に来たテーマパークの園内は迷路のように入り組んでいて、すぐそばにあると思っていた売店には十分ほどかかった。

「ウーロン茶を三つと、詩織は？」

「わたしはオレンジジュース……じゃなくて、わたしもウーロン茶で！」

カロリーがないものを選ぶよう、少しでも気を遣わなくちゃ。

まだダイエットは継続中。近頃、効果が出てきたのか、お腹や足が引き締まってきた気がする。

ちょっとは征一郎さんに見せられる身体になってきたかな。恋をしたら綺麗になるって言うけど、こんなふうに誰かを意識するからなんだろうなぁ。

しみじみとそう思っていると、征一郎さんが眉を下げながらこちらを見てきた。

「近頃、好みが変わってきたんだな。それに……綺麗になった」

「えっ……そ、そうですか？」

心臓がドキリとすくみ上がる。綺麗になったと言ってもらえたのは頑張ったかいがあって素直に嬉しい。でも征一郎さんに身体を見てもらうためにダイエットをしているなんて恥ずかしくて言えない。

「……俺に言えないような何かがあったんじゃないか？」

征一郎さんの苛立ちを押し殺したような低い声色に、ハッと目が覚めたような気がした。

「どういう意味ですか？」

まさか、何か疑われているのだろうか。

わたしがたずねると、征一郎さんは困ったような顔をして、眼鏡を指で押し上げた。

「いや、ダメだな……こんなことを言いたいわけじゃないのに。俺はどうかしている」

そうこうしていると、注文したウーロン茶の入った紙コップが四つ用意された。

微妙な空気になりながら、それぞれ両手に紙コップを持ってベンチへ向かう。

彼に遅れて歩いていると、ベンチに座ったふたりが見えてきた。麻子がスマホを高く掲げていた。どうやら自分たちの写真を撮ろうとしているようだ。

「わたしが撮ってあげるのに……あさっ――！」

麻子を呼ぼうとした瞬間、スマホを見ていた彼女の頬に一也さんがキスをした。

一瞬の出来事で、そして乱れた髪を直してあげているのと同じくらい自然な動作で、いやらしさも不快感も全くないものだった。

驚いた麻子は一也さんを肘でこづき、眉をつり上げている。でも、その顔は赤く染まっていて、本当は喜んでいることがわかった。

「いいなぁ……」

わたしも、ふたりみたいに征一郎さんと自然に付き合えたらいいのに。

思わず、ポロリと羨望の声が漏れていた。

「詩織……」

「いっ、いえ……なんでもないです！」

人のキスを見て羨ましがっているなんて欲求不満みたいだ。焦って否定すると、麻子と一也さんに駆け寄った。

ふたりにウーロン茶を渡して振り返ると、征一郎さんは立ち尽くしたまま、苦しそうに眉を寄せていた。眼鏡の奥の瞳が揺らぎ、悲しそうな表情に見える。

「征一郎さん。ウーロン茶、もらいます。ふたりは別のアトラクションに行くそうなので、ベンチに座りませんか？」

征一郎さんはなにか考えているのか、わたしが紙コップをひとつ受け取っても反応がなく、微動だにしない。

「やっぱり……きみは俺じゃないほうがいいじゃないか？」

「え……？」

ポツリと聞こえてきた、あまりにも衝撃的な言葉に声が出なくなる。テーマパークの陽気な音楽が、一瞬で耳から消えていった。

「先週、駅で詩織がサークルの人たちと一緒に歩いているところを見たよ。綺麗にドレスアップしたきみは、とても楽しそうだった。周りの人たちは詩織と同じぐらいの年で……。俺は自信がなくなった。最近、綺麗になったのも食事に気を遣っているのも……他の誰かを意識しているんじゃないか？」

「ち、ちが……っ」

あの日、電話をかけ直した時元気がなかった。あれは、サークルの人たちといるところを見て、気にしていたからだったんだ。

「いや、いいんだ。そうであってもおかしくないから。俺みたいな真面目な奴より、きっと一緒にいて楽しいはずだし、年が近いほうが話も合うだろう」

「違いますってば！」

わたしは、持っていた紙コップを握りつぶしそうだった。大きな声を出したからか、征一郎さんはピタリと喋るのをやめた。

「わたしは……征一郎さんがいいです。征一郎さんじゃなくちゃイヤです。サークルの人たちとは久しぶりだったので嬉しかっただけで……食事に気を遣っているのは、ダイエットをしているからです」

「ダイエットだと？　必要ないだろう」

征一郎さんは眉をしかめて、怪訝な顔をした。

「必要です！　征一郎さんに……か、身体を見せるなら綺麗な姿を見てほしいですし。そのために運動もしているんです。わたしが綺麗になっているなら……それは、征一郎さんのおかげですよ」

羞恥で頬が熱くなる。でも、ちゃんとわかってほしい。わたしが好きなのは征一郎さんで、傍にいたいのも征一郎さんだと……。

「お、俺のために……そうだったのか。俺はてっきり、襲ったりしたから嫌われたのかと思って……ふたりきりを避けてダブルデートまで」

征一郎さんは力が抜けたのか、紙コップを落としそうになっている。

「征一郎さん、これからはひとりで考えこまないでくださいね」

少し拗ねたように言うと、征一郎さんは参ったように首裏をかいた。

「悪かったよ。だけど、詩織もダイエットは俺のためだと教えてくれればよかったのに……」

ふたりで笑い合うと、そのあとは麻子たちと合流はせず、テーマパークをもう一度楽しみ直したのだった。

「来週は紅葉でも行かないか？」

テーマパークを出て、駅まで手をつなぎながら帰っていると征一郎さんが誘ってくれた。

「はいっ、行きたいです！」

「今度はふたりきりだ」

改めて気持ちを確かめ合ったわたしたちは、うなずき合い、来週の約束を交わしたのだった。

待ちに待った週末。

わたしは仕事の時より早く起きて念入りにメイクをし、洋服を選んでいた。

「ちょっと肌寒いから、コートを着ていこうかな」

スカイツリーへでかけた時に、征一郎さんに買ってもらった小花柄のクラシカルなワンピースに、ブラウンの薄手のコートを羽織り、足元はコートの色に似たタイツと買ってもらったパンプスを合わせた。あまりヒールは高くないし、やわらかい素材なので靴擦れの心配もない。

肩掛けの小ぶりなバッグを持ち、征一郎さんが迎えに来てくれるマンションの下まで降りた。

約束した時間の十分前だけど、いつも早く来る彼のことだから、もう待っているかもしれない。そう思いながら外へ出ると、やっぱりすでに車を停めてそばに立っていた。

VネックのTシャツにジャケットを羽織り、チノパンを履いている。何を着ていてもキマるんだからすごいと思う。

「すみません、お待たせしました！」

「いや、俺も今着いたところだから。それより、ワンピース……やっぱり似合ってる」

「あ……ありがとうございます」

試着の時にも聞いた言葉なのに、何度聞いても照れくさい。征一郎さんは眼鏡の奥の瞳を細めると、助手席のドアを開けてくれた。

「じゃあ、行こうか」

「はい。あの、場所は――……」

どこかの公園か、それとも山だろうか。たずねようとしたけど、征一郎さんの表情が強張っているように見えたので、わたしは口をつぐんだ。

そしてたどり着いたのは、下道で一時間ほど車を走らせたところにある小さな公園だった。

有名な公園ではない。住宅街に馴染む、ブランコと砂場、カラフルな土管だけがある小さな公園だ。その小さな公園を囲むように並んだ木々は燃えているみたいに赤く染まり、確かに美しい紅葉は楽しめる。だけど、わたしは予想外の場所に驚いていた。

この公園がどうだとかいうことじゃない。べつに、場所はどこだっていい、紅葉じゃなくてもふたりでいられるならそれでよかった。

わたしが予想外だと思ったのは、昨日美穂から「帰りに本屋へ寄ったら、係長が紅葉のスポットが載った本を吟味してたよ」という情報をもらっていたからだ。言わずもがな「あの係長がデートスポットを調べるなんて信じられない」という言葉つきで。

「こんな小さな公園ですまないな」

征一郎さんは車を路肩に駐車して降り立つと、苦笑しながら謝ってきた。

「いえ、場所はどこでもいいです。でも、どうしてこの公園なんですか?」

征一郎さんが見た紅葉スポットの本に、穴場として載っていたのだろうか。それにしては人が少ないし、ごくごく一般的な公園だ。今までのデートではいつも、有名なデートスポットを選んでくれていたので珍しいと思った。

「ああ……ここは、昔家族で来たことがある公園なんだ」

「家族で……」

だから、出発前に顔を強張らせていたんだ……。

征一郎さんの家族……そこには、彼に深く影響を与えたお母様の存在がある。その話を自らしてくれることに、本当に心を許してもらえているんだと実感する。

「昔はこのあたりに住んでいたんだ。ただ、この公園に来たことがあると言っても、この時期に一度だけだ。親父は、仕事人間で土日も働くような人だったから」

征一郎さんはお父様のことを「俺みたいな男」だと言っていた。きっと真面目な人だったのだろう。

「たぶん、恋愛は俺より下手だったと思う。そんな父が二十五年前のちょうどこの時期に、紅葉を見に行こうと、母と俺に言ったんだ。三人ででかけたことは、俺の記憶じゃ片手で足りるくらいしかなくて。だから、ここの風景は今でも覚えている」

スーッと息を吸いながら、征一郎さんが空をあおぎ見る。わたしも一緒になって見上げると、晴天の空に向かって網目のように枝が伸び、その先端には手の平の形みたいな赤い葉が茂っていた。

「こうして見上げた紅葉が……星みたいに見えたんだ。昼に見える星だと……赤い星だと感動して、はしゃいで……枯れ葉がたくさん落ちた地面の上を飛び回ったんだよ。そうしたら、案の定滑って転んだ。それでも、三人ででかけられた嬉しさからまたはしゃぎだすと、暗い顔をしていた父と母が笑ったんだ」

征一郎さんを見るけれど、上を向いたままでその表情はうかがい知れない。だけど、頬が震えているように見え、わたしは征一郎さんの手をそっと握った。

「この公園に来るまで、おふたりとも暗い顔をしていたんですか？」

「ああ。たぶん、父は母の気持ちが離れていることに気づいて、関係を修復したかったのか、それとも最後の思い出を作りたかったのか……わからないけど、何かしたくてここに連れてきてくれたんだと思う。でも、結局母はその一週間後に出ていった」

握った手に力をこめると、征一郎さんがわたしを見下ろしてきた。その表情は穏やかで、先ほど感じた痛々しさはなかった。

征一郎さんはここの風景を覚えていたと言ったけど、それよりももっと、両親の笑顔を強く覚えているのかもしれない。そして、その笑顔を……無理だとわかっていても、もう一度見たいと思っているんじゃないだろうか。

「本当は、今日……もっと紅葉のスポットで有名なところへ行こうと思ったんだ。そのつもりで雑誌も買ったし、選んでもいたんだけど……何か違う気がしてやめた。詩織に、俺のことを知ってほしいと思ったから、ここを選んだ」

「わたしに……征一郎さんのことを？」

「ああ。些細なことでも、どうでもいいことでも知ってもらいたいし、知りたいんだ。そうしたら……ほら、すれ違いもなくなるかもしれない」

「わたしのことを、知りたいと思ってくれるんですか？」

「当たり前だ。きみのすべてを知って、受け入れて……俺のすべてでも受け入れてほしいと思っている」

受け入れられるということは、認められるということだと思う。それは存在意義にもつながって、彼のそばにいる喜びをより感じることができる。

「口にして気がついたけど、かなり貪欲だよな。前はただ、詩織を喜ばせたい気持ちでいっぱいだったのに、きみを知りたい、気持ちを確かめたい……愛されたい、とどんどん求めてしまうんだ」

それはわたしも同じ。想いが通じ合って付き合うことがゴールだと思っていたけど、そうじゃなかった。寂しいと感じることが増えたり、近づきたいと思ったり……別の関係が始まったみたいに感じていた。

「貪欲でもいいと思います。征一郎さんひとりがそう思っているわけじゃないから」

「詩織もそう思ってくれているのか」

「……はい。だからお互いが求め合っているということです」

「それは……なんだかいいな」

征一郎さんが耳を紅葉に負けないくらい赤く染め、そっと微笑む。

「やっぱり、詩織とここに来てよかった。ありがとう」

征一郎さんの大きな手が頬に触れ、あごを持ち上げた。唇が重なると、温もりがじわりじわりと身体に染み込んでいく。

「征一郎さん……」

もっと征一郎さんと深いキスがしたい。これも気持ちを確かめたいという欲求のひとつなのだろうか。

征一郎さんを求め、わたしがそろそろと彼の背中に腕を回そうとした時……。

「お母さーん、チューしてる人たちがいるー」

と、子どもに見られてしまったので、わたしたちは慌てて身体を離したのだった。

お昼ご飯は近くの和食屋へ入った。秋の食材を使った御膳は、見た目も綺麗に盛りつけられていて美味しかった。

そのままドライブし、アットホームなカフェでお茶をする。ネルドリップで淹れられたコーヒーを飲みながら、征一郎さんが口を開いた。

「さっきスマホで天気予報を見たけど、明日は雨が降るらしいな。来週は雑誌で見たところに行きたいと思っていたけど、葉が落ちてしまいそうだ」

「そうですね、でも……行きたいです」

せっかく征一郎さんが選んでくれたところだし。たとえ赤くなった葉が一枚もなくても、行きたいと思った。わたしの答えを聞き、彼がうなずく。

「ああ、じゃあ来週もでかけようか」

明日は雨か……家でゆっくりしようか。ああ、でも……今は明日のことなんて考えたくないくらい、この時間が終わってしまうのが惜しい。

「征一郎さんは明日……何をされて過ごすんですか？」

「特に考えてないけど、洗剤が少なくなっていたから買いに行って……あとは家にこもるかな」

征一郎さんも家でゆっくりするんだ。メールはできそうだけど、それなら家で一緒に過ごしてもいいんじゃないかな……。

もっとそばにいたい、もっと一緒にいたい。やっぱり、わたしも貪欲になっている。だけど、その気持ちを言いだせない。

ダメだ……これじゃ、また関係が深まることなく停滞したままになっちゃう。もうすれ違いたくもない。

ダイエットのことも言わず、彼が不安になっていることもわからず、その結果すれ違ったことを思い出す。

冷えた車内に乗りこむと、わたしは意を決して口を開いた。

「せ、征一郎さん……あの……あのっ」

なんて言えばいい？　もう少し一緒にいたい、かな？　でも、それじゃこの気持ちすべてが伝えられる気がしない。わたしはもっと、征一郎さんと近づくことを望んでいる。そのことを伝えたいのに……。

「どうした？」

征一郎さんは車のエンジンをかけると、わたしの様子をうかがってきた。耳にはゆったりとした洋楽が流れてくる。

「あの、わたし……か、帰りたく……ない、です」

「え？」

征一郎さんは驚いて目を丸くしている。思ったよりも大胆なことを言っていると、彼の表情を見てわかった。でも、この言葉が今の自分の気持ちに一番ピッタリだ。

「わたし、まだ帰りたくないです。というか……もっと、近づきたいんです」

「詩織……」

征一郎さんの瞳が夕闇の色を帯びて妖しく艶めく。大きな手の平がわたしの頬を撫で、顔が近づいてきた。

……キス、される。

そう思っていたのに、顔は唇が重なりそうになった寸前に離れた。

「征一郎さん……？」

「ダメだ。今、詩織に触れると止まらなくなりそうだから」

溢れる想いを吐き出すように、征一郎さんはふぅと息をつく。

キスしたかった。唇を重ねたいと思った。唇が重なると、また深いキスがしたいと思うだろう。そしてもっと、征一郎さんとひとつになりたいと感じるはず。

「征一郎さん、わたし……」

身体の奥がほのかに熱くなり、彼の名を呼ぶだけで胸が張り裂けそうになっている。それなのに、もっともっとと心が近づくことを願う。身体が彼に触れることを望む。抑えきれない想いが溢れてくる。心の準備ができた……ということかもしれない。

「もう、大丈夫です」

「大丈夫……とは？」

「その、こ、恋人として……もっと深い関係になりたいです。征一郎さんにわたしの全部を知ってもらいたいし、愛してほしいです」

直接的な言葉を口にするのはためらいがある。ぼかした言い方だけど、征一郎さんには伝わったようだ。何度も目を瞬かせている。

「詩織がそう思ってくれるのは嬉しいけど、もっと自分を大切にしたほうがいい」

「どうしてですか。さっき、求め合っていると話したのに。それに好きな人と近づきたい、つながりたいと思うのは……自分を大切にしていないことになるんですか？」

征一郎さんは渋い顔をして黙っている。

「わたしは征一郎さんだから深い関係になりたいと思っています。それはわかってますよね？」

征一郎さんなら、わたしの気持ちは理解してくれていると思う。わたしが上目でたずねると、征一郎さんは「馬鹿だ」と悔やむように呟いた。

「馬鹿……ですか？」

「ああ、俺は馬鹿だ。詩織にこんなことを言わせて。自分を大切にしたほうがいいじゃなくて、俺がきみを大切にしたらいい話だ」

征一郎さんは切なげに眉根を寄せると、そっとわたしを抱き寄せる。

「詩織の気持ちも、身体も……俺が全部大切にするから」

背中に回された腕に、ギュッと力がこもるのを感じる。それは征一郎さんの決意の表れかもしれない。

「よろしく……お願いします」

征一郎さんの胸の中でうなずきながら、不安や恐怖よりも胸の奥から溢れる喜びを味わっていた。

「怖くなったら、言ってほしい」

征一郎さんのマンションへ着くと、寝室に案内された。電気はお願いして、消したままにしてもらう。

シングルベッドの淵に腰かけると、スプリングがギシリと軋んだ。ここで普段、征一郎さんは寝ている。その証拠に、彼の匂いが濃く感じられ、それだけで身体が火照りそうだった。

「はい……」

うなずくと、どちらからともなく唇を寄せた。征一郎さんの手がわたしの頬を撫で、首筋をなぞり、胸元へと滑っていく。

「んんっ……」

ワンピースの上から胸を揉まれ、くすぐったい刺激に肩がピクリと跳ね上がる。もう片方の手は太ももを撫で、スカートの裾から中へと潜りこんできた。

「やっ……」

「やっぱり、怖い？」

……怖いわけじゃない。どうしたらいいかわからなくなっただけで……。

わたしが小さく首を振ると、征一郎さんは安心したように息をついた。

「そうか、それならよかった。大丈夫なら……俺に任せてほしい。大切にすると言っただろう。約束するから」

「はい……」

返事をすると、「いい子だ」とご褒美をくれるかのように額にチュッと音をたててキスをくれた。そのまま、まぶたや鼻先にも優しくキスを落とす。唇までたどり着くと舌を絡めながら深くお互いを味わった。

胸をいじっていた手は、ゆっくりと背中を探り、ワンピースのファスナーをおろしだす。わたしは征一郎さんのTシャツの胸元をすがるように握りしめていた。

緊張する……でも、征一郎さんだから……怖くない。

ワンピースを脱がされると下着しか身につけていない。男性に身体を見せるのは初めてなので恥ずかしい。それに相手は大好きな征一郎さんだ。つい両手で胸元を隠してしまう。

「ちゃんと……見せてくれないか」

「は、恥ずかしいんです……あんまり、見ないでください」

いくら頑張ってダイエットをしたといっても自信はない。そのうえ、今日の下着は白のレース。子どもっぽいと思われそうで心配だった。

「綺麗だから……もっと、見せてほしいんだ」

「あっ……んっ……」

キスをされ、意識が甘く鈍っていく。そのうちに征一郎さんに腕を解かれ、そのまま優しくベッドに押し倒された。

「……かわいいな」

「こ、子どもっぽく……ないですか」

「いや……綺麗で、かわいくて……かなり、煽られる」

征一郎さんは頬を赤くして言うと、わたしの首筋に顔をうずめる。甘く歯を立てられ、キック吸い上げられると、自然と喘《あえ》ぎが洩れた。

「あっ……や……征一郎さん……っ」

恥ずかしくなって手で口を押さえると、その手を取られてしまう。

「声は我慢しないほうがいい……そうじゃないと、本当にいいのかどうか、わからないよ。変に力が入って、しんどい思いもさせたくないし」

わたしの身体を気遣いながら征一郎さんらしく注意をしてくれる。そして、掴んでいたわたしの手の平に唇を寄せた。

「ぁっ……」

軽く触れただけの小さな刺激にさえ、身体は敏感に反応してしまう。

「なんて……本当は、きみのかわいい声をもっと聞きたいだけだ」

征一郎さんは熱で潤んだ瞳を細めると、肩口に顔をうずめる。舌先で首筋をなぞり、胸元までたどり着くと、ブラジャーをずらした。

露わになった頂を赤い舌で舐め、舌先でコロコロと転がしだす。もう片方の胸は大きな手で揉み上げられ、固く尖りだした先端を指先で弾かれた。

「はぁ……んっ……」

鋭敏な刺激に喉を反らし、艶めかしい嬌声を洩らす。頂に歯を立てられると、もっと甲高い声が出た。

どうしても声が出てしまう。恥ずかしい……けど、抑えられない。

「そろそろ……慣らしていこうか」

征一郎さんはそう言うと、わたしの腹部を撫で、太ももに触れて、足を押し開いた。

「やっ……こんな格好……」

ショーツを履いた下半身が開かれ、淫《みだ》らな格好にされる。膝を閉じようとするが、その間に征一郎さんの腕があって、うまく力が入らない。

「ゆっくり……慣らすから。心配しなくていい」

優しくなだめるようなキスをされ、強張っていた身体が少しだけほぐれる。征一郎さんは長い指で、ショーツの上から秘部を擦り上げた。

「んっ……」

感じたことがない刺激に、下腹部がジンと痺れる。何度も擦り上げられていると、ショーツが肌に張りつく感覚があった。

「汚れるといけないな……脱がすよ」

「え……あっ……」

戸惑っているうちに、スルリと足からショーツを引き抜かれる。ブラジャーも取られ、わたしは生まれたままの姿になった。恥ずかしくて両手で隠そうとするが、案の定、その手は征一郎さんに取られてしまう。

「隠す必要はない。……かわいいんだから」

「だって、征一郎さんは着たままなのに……」

「今、脱いだら……抑えが効かないから」

自嘲気味に言うとキスをして、濡れそぼった秘部に手を伸ばした。指先に溢れでた蜜を絡め、先端を転がす。下腹部がキュンと締まるような強い刺激に襲われ、腰から背筋に快感が突き抜けた。

「やぁっ……」

喘ぐわたしに、征一郎さんは優しいキスをくれるだけで、その手を止めることはない。もう片方の手で胸を揉み、濡れそぼったところには長い指が挿入された。

「んっ……だ、ダメ……」

くちゅりと響く水音に羞恥が走る。頬が熱くなり、唇を噛みしめた。

征一郎さんは指を何度か抜き差しすると、今度は本数を増やした。チリリと焼けつくような痛みが走り、背筋が跳ね上がる。それでも征一郎さんに身体を任せていると、しだいに身体の奥が甘く蕩《とろ》けだし、熱に浮かされたような状態になっていた。

「あっ……や、せいいちろう……さんっ」

優しい指使いなのに、容赦がない。激しく中をかき混ぜられると、身体がピクンと跳ね、執拗にそこを攻め立てられた。

「せ、せいいちろ……さっ……あっ、やぁっ……！」

ひと際大きい波に襲われ、わたしの身体は無意識にビクビクと大きく跳ねる。指を引き抜かれたそこからはトロリと温かいものが溢れだした。

一瞬、自分を手放したような感覚がして、荒い呼吸を繰り返しながら茫然とする。

「い、今の……って……？」

征一郎さんにたずねると、優しく微笑まれた。

「どうやら、感じすぎたみたいだな……」

「感じ……えっ、じゃあ……わたし……ひとりで……っ」

ひとりで達してしまった——。そのことが恥ずかしくて、頬を押さえていると、バサリと服が床に落ちた音がする。

「かわいかったから……気にすることはない」

そう言って裸になった征一郎さんが、ベッドを軋ませて覆いかぶさってきた。引き締まった裸体に目を奪われながらも、羞恥は拭い去れない。

「で、でも……っ」

「俺の言葉が、信じられないのか？」

不安げに眉を潜めて見つめられる。

「ち、違います……でも、わたし……あっ……」

「きみが感じてくれると、俺は嬉しいんだ」

征一郎さんは滾《たぎ》る自身に薄いゴムをかぶせると、秘部の先端に触れた。固く膨れ上がり、指とは比べものにならないほど質量があるそれに息を呑む。

「ゆっくり……挿れるから……」

「んっ……」

先端を軽く擦り上げられ、中へ浅く挿れられる。何度か抜き差しされ、徐々に押し入ってきた。

「んぁ……あっ……」

濡れていたそこは、いやらしい水音をたてながら、彼のものをゆっくりと飲み込んでいく。中を擦り上げられ、痺れるような痛みがあるけれど、それを乗り越えたくて、彼の背中に腕を回した。

「もう……少しだから……っ」

息を詰めた征一郎さんの声は低く掠れている。

「んっ……はぁっ……」

征一郎さんのものがすべて入ると、下腹部は熱く痺れ、圧迫感があった。彼がゆっくりと腰を動かすと、身体の中が引っ張られたり、突き上げられたりと、甘くうごめいていく。

「あっ……やっ……」

彼の動きに合わせ、わたしは自然と喘ぎを洩らしていた。

「どうかな……少しは、楽になってきただろうか」

「わ、わかんな……っ」

痛みはやわらいできたけれど、疼《うず》くような、もどかしいような……別の感覚に襲われていた。

「辛くはないか?」

コクコクと声もなくうなずく。

「もっと、奥が……っ」

奥が疼いていることを伝えると、征一郎さんは安心したように口元に笑みを浮かべた。

「ああ……わかった」

眼鏡を取ってサイドテーブルに置くと、わたしの腰を引き寄せる。熱の塊が奥まで押しこめられ、水音をたてながら引き抜かれる。そうして、さらに先ほどよりも強く貫いてきた。

「せ、いちろ……さん……っ」

征一郎さんは指でも感じていたわたしの疼きを見つけると、そこを深く突き上げてきた。何度も抜き差しを繰り返し、そのたびに身体の中が愉悦《ゆえつ》に震える。

しだいに思考が白く染まり始め、先ほど味わった、自分を手放してしまう感覚に近くなっていく。

「わ、わたし……もうっ……」

「くっ……」

征一郎さんに最奥を抉《えぐ》られ、わたしの身体は波打つ。

温かなものが溢れているそこは、征一郎さんのものをキツク締めつけ、彼もまた快感の淵に果てたのだった。


翌朝。窓の外から聞こえる雨音に目を覚ました。

「んっ……あれ？　ああ……そっか、わたし……征一郎さんの家で……」

見慣れない天井に、ふかふかの真っ白なベッド。そして隣には静かな寝息をたてている征一郎さんがいる。

……かわいい寝顔。

端正な顔立ちで、黙っているとどこか冷たささえ漂うのに、ノンフレームの眼鏡を外して眠っている姿は無防備そのもの。

ついに、征一郎さんと……愛し合ったんだ。

寝返りを打つと、腰に鈍い痛みが走る。昨夜の余韻だと思うと、幸せで頬がゆるんだ。

「朝ご飯でも作ろうかな……」

ひとりの休日は朝ご飯を作るなんて億劫で、何も食べないことだってある。なのに、征一郎さんと一緒に食べると思うと、サラダや卵やハムが揃った朝食を作りたくて仕方がない。

まだ隣で眠っている征一郎さんを起こさないように、そろりそろりとベッドを抜け出そうとしていると……。

「どこへ行くんだ？」

「きゃっ……」

手首を掴まれ、肩がビクリと跳ねる。振り返ると、征一郎さんが目を擦りながら、上半身を起こしていた。

美しい胸板が露わになり、どこを見ていいかわからなくなる。ひと晩中見ていたはずなのに、また胸がドキドキと高鳴りだし、頬が熱くなるのを感じた。

「あ、朝ご飯を作ろうと思いまして……」

「朝ご飯はいい。あとで一緒に作ろう。それより……」

「あっ……」

グイと強く腕を引き寄せられ、征一郎さんの胸の中に閉じ込められる。

「眼鏡がないと……よく見えないんだ」

「……は、はぁ……」

「だから、この腕から出ていかないでくれ」

そう言いながら、視線を逸らした征一郎さんの耳は赤く染まっていた。

「……はいっ」

わたしは大きくうなずくと、彼の腕に抱かれ、もう一度幸せな眠りについたのだった。

END

あとがき

こんにちは、春奈真実です。

『週末シンデレラ』をお手に取っていただき、最後までお読みくださり、ありがとうございました。

今作は、スターツ出版　恋愛小説大賞で大賞をいただいた作品でもあります。応援してくださった方、本当にありがとうございました。受賞の連絡をいただいた日は、驚きと喜びで寝つくことができませんでした。


今回の話は、男女ふたりがゆっくりじっくり近づいていく様子を書きたいと思い、プロットを作り始めました。

誰でも嘘をついたり、隠し事をしたりすることがあると思います。しかし、もし好きな人に、その嘘の部分や隠し事をしている姿が好かれてしまったら……自分はどうするだろう。そして、嘘をつかれていたらどうするだろう。この話を書いているときは、ずっとそのことを考えていました。

詩織と征一郎は、きちんと言いたいことを言い合い、ぶつかりながらも、無事理解し合い、愛し合うことができてよかったです。

実は征一郎は、設定ができあがった段階では、いつも眉間にしわを寄せているような、もっと怖くてクールでツンツンしている予定でした。それが、いざ書いてみると、ただただ不器用でかわいい男になりました。それはそれで、ひとりの女の子を大切に想うヒーローとしてアリかなぁ……と、自分の中で新たなヒーロー像が生まれ、楽しかったです。

最後になりましたが、いつも力をくださる読者様、お買い上げくださった皆様、素敵なカバーイラストを描いてくださったＣｕｃｉｅさん、編集を担当してくださった堀口さんと三好さん、村上さん、今作に携わってくださった皆様に心よりお礼申し上げます。

これからもぼちぼちと書き続けていきますので、お付き合いくださると嬉しいです。

春奈真実

春奈真実先生への
ファンレターのあて先

〒104-0031
東京都中央区京橋1-3-1
八重洲口大栄ビル７F
スターツ出版株式会社　書籍編集部　気付
春奈真実先生

本書へのご意見をお聞かせください

お買い上げいただき、ありがとうございます。
今後の編集の参考にさせていただきますので、
アンケートにお答えいただければ幸いです。

下記URLまたはQRコードから
アンケートページへお入りください。
http://www.berrys-cafe.jp/static/etc/bb

ベリーズ文庫

この物語はフィクションであり、
実在の人物・団体等には一切関係ありません。
本書の無断複写・転載を禁じます。

週末シンデレラ

2013年10月10日　初版第1刷発行

著　　者　春奈真実
©Mami Haruna　2013
発 行 人　阿部達彦
デザイン　hive&co.,ltd.
D　T　P　説話社
校　　正　株式会社　文字工房燦光
編集協力　村上由恵　三好技知（ともに説話社）
編　　集　堀口智絵
発 行 所　スターツ出版株式会社
〒104-0031
東京都中央区京橋1-3-1　八重洲口大栄ビル7階
TEL　販売部　03-6202-0386（ご注文等に関するお問い合わせ）
URL　http://starts-pub.jp/
印 刷 所　大日本印刷株式会社

Printed in Japan

乱丁・落丁などの不良品はお取替えいたします。
上記販売部までお問い合わせください。
定価はカバーに記載されています。

ISBN 978-4-88381-771-9　C0193

ベリーズ文庫 好評の既刊

『大嫌い。でも…ほんとは好き。②』 立花《たちばな》実咲《みさき》・著

大嫌いだった俺様上司・矢野と仕事をするうちに、だんだん彼に惹かれていった芽衣。厳しい言葉は浴びせつつ、矢野も芽衣の気持ちを受け入れたかのように見えた。しかしその矢先、新入社員の景子が配属されるや否や、「矢野課長に会いたくて入社した」と宣言。芽生えかけた芽衣の恋心はどうなる!?

ISBN978-4-88381-744-3／定価662円（税込）

『遊びじゃない』 当麻《とうま》サラ・著

28歳の麻央は、結婚するつもりだった彼氏に突然振られた。そんなとき、会社でも三本の指に入るイケメンに誘われなんとなく関係をもってしまう。曖昧な状態で関係を続けるが、ノーマークだった同期の草食系の中野に飲みに誘われ…。恋愛と結婚の間で揺れ動く、微妙なお年頃の恋愛物語。

ISBN978-4-88381-738-2／定価641円（税込）

『ご主人様はお医者様』 水《みな》羽《は》凛《りん》・著

看護師の小春は、元カレが残した借金返済のための副業を、イケメン外科医の高木先生に見つかってしまう。バレたらクビだよ?と甘く脅され、半ば強引に同居をすることになった小春。先生の優しさに触れ、次第に心惹かれていくけれど、ある日、先生がお見合いしたという話を聞いてしまい…?

ISBN978-4-88381-737-5／定価641円（税込）

『大嫌い。でも…ほんとは好き。①』 立花《たちばな》実咲《みさき》・著

LUCIA化粧品に勤める松永芽衣は、地味&下がり眉&失恋したばかりと不幸の三拍子が揃った29歳のOL。恋をして綺麗になって仕事でも成長しよう！と一念発起した矢先に、大嫌いな俺様上司・矢野大樹とチームを組むことに。再びブルーな日々の中、小悪魔な新人・武内稜真に迫られてしまい…。

ISBN978-4-88381-736-8／定価651円（税込）

書店店頭にご希望の本がない場合は、書店にてご注文いただけます。

ベリーズ文庫 好評の既刊

『ほどよい愛』 惣領《そうりょう》莉沙《りさ》・著

設計会社に勤める葵は、あこがれの人である課長の相模と内緒で付き合っている。しかし、会社のホープでモテる彼には忘れられない女性がいると噂で聞き、その愛に自信が持てずにいた。一方、後輩が葵にアプローチしたと知って、ヤキモチをやく相模。それを見て葵は"忘れられない女性"のことを聞くが…。

ISBN978-4-88381-753-5／定価662円（税込）

『恋と上司の甘い相関関係』 葉月《はづき》りゅう・著

女子力下降中。おまけに処女。ズボラ女の雅は食品会社の工場に勤めていたが、本社へ異動を命じられた。しかしそこには、仕事には超厳しいもののイケメンの部長・澤村がいると知って戦々恐々とする。異動早々ひとりで残業していると、突然怪しい物音が。驚いた雅が抱きついた相手は、噂の澤村部長で!?

ISBN978-4-88381-752-8／定価651円（税込）

『彼女志願！』 柏木《かしわぎ》七生《ななお》・著

売れない少女小説家の萌は、４年越しの片思いの相手で担当編集者の穂積に告白する。ＯＫの返事をもらい舞い上がった萌。つきあいはじめると、穂積のドＳ＆溺愛ぶりに驚きながらもさらにメロメロに。順調なふたりだったが、少女小説界の大御所、白鳥先生と穂積の関係を疑ってしまい…。

ISBN978-4-88381-746-7／定価672円（税込）

『准教授 高野先生のこと』 玉木《たまき》ちさと・著

大学卒業後、母校で准教授の"高野先生"に再会した詩織。仕事を手伝ううちに、堅物な高野先生が学生時代には見せなかった意外な素顔を見せるようになる。ギャップに驚く詩織だが、次第に先生の素顔に惹かれ恋人同士に。初めての本物の恋に戸惑いながらも、先生との距離を縮めていき…。

ISBN978-4-88381-745-0／定価683円（税込）

書店店頭にご希望の本がない場合は、書店にてご注文いただけます。

ベリーズ文庫 好評の既刊

『美味しい時間』 日向野《ひなたの》ジュン・著

24歳の天然OL・百花は、料理を作ることも食べることも大好き。ある日、イケメン上司の東堂課長に「明日から俺のお弁当も作ってきて」と命令され、なぜか毎日一緒にお弁当を食べることになってしまう。仕事に厳しい課長が苦手な百花だったけれど、強引だけど優しい大人な一面を知って…？

ISBN978-4-88381-764-1／定価672円（税込）

『最後の恋、最高の恋。』 吏《り》粋《すい》氷柱《つらら》・著

美月は優しくて美人の姉が大好き。でも、過去の経験から、密かにコンプレックスも抱いていた。ある日、美月は姉から坂口学という同僚の男性を紹介される。1年もの間、美月に片思いをしていたという彼のまっすぐな想いに惹かれていく美月だったが、姉と学のある会話を聞いてしまい…。

ISBN978-4-88381-763-4／定価641円（税込）

『カレの事情とカノジョの理想』 御厨《みくりや》 翠《すい》・著

合コンで出会った、大学生の美春と康人。美春は恋愛経験ゼロなのに「ふたりで抜け出そーか」という康人の誘いに、なぜか乗ってしまった。一方、ウブな美春に一目ぼれした康人は、翌日から「付き合おう」と迫る。美春は戸惑いつつも、〝私の嫌がることは絶対にしない〟という条件つきで受け入れたけれど…。

ISBN978-4-88381-762-7／定価693円（税込）

『ハッピー・クルージング』 水瀬《みなせ》和奏《わかな》・著

クルーズ船に就職予定の裕香は、親友の結婚式で出会ったコウさんに『幸せになるジンクス』とキスをされてしまう。彼を忘れられないまま迎えた研修初日、上司として現れたのは、なんとコウさん！　あの日のキスなど忘れたかのように振舞うコウさんだけど、裕香が困った時には必ず助けにきてくれて…？

ISBN978-4-88381-754-2／定価651円（税込）

書店店頭にご希望の本がない場合は、書店にてご注文いただけます。

ベリーズ文庫 2013年10月発売

『社内恋愛注意報！』 紀本《きもと》明《あきら》・著

入社5年目の真琴は26歳、彼氏ナシ。元カレの主任からしつこく言い寄られてるけど、元サヤなんて断固拒否！　そんな時、偶然、車をぶつけちゃった相手は新任のイケメン課長で…。そこから始まるナイショの恋はハラハラドキドキ。意地悪に迫る課長のせいで、いっつも社内恋愛注意報が発令中！

978-4-88381-773-3／定価662円（税込）

『隣の彼の恋愛事情』 高田《たかだ》ちさき・著

証券会社に勤める紅緒は、隣の席のさえない同僚斗馬にイライラ…。合コン会場の高級レストランで、昼間の姿からは想像できないくらいイケメンの斗馬にばったり。なんと彼は、グループ会社の御曹司だった！　彼の秘密を知った紅緒は、逆におどされ、下僕として使われるようになるが…。

ISBN978-4-88381-772-6／定価662円（税込）

『週末シンデレラ』 春奈《はるな》真実《まみ》・著

そろそろ彼氏が欲しい…24歳、恋愛未経験OLの詩織は、友達に男性を紹介してもらうことに。いつもよりオシャレしてその場に挑むと、現れたのは苦手な上司の都筑係長⁉　堅物で厳しい都筑係長と恋愛なんてありえない！と思ってたのに、なぜか次の週末も会うことになり…。恋愛小説大賞　大賞受賞作！

ISBN978-4-88381-771-9／定価683円（税込）

書店店頭にご希望の本がない場合は、書店にてご注文いただけます。

ベリーズ文庫 2013年11月発売予定

『ラスト・ラブレター』 十和《とわ》・著

Now Printing

派遣OLの美園はいつも恋愛が長続きしない。ある日、別れ話でモメている美園の前に謎のイケメンが現れ、初対面なのに美園の名を呼び、抱きしめてくる。翌日、再び彼に遭遇し窮地を救われた美園は、行き場がないと言う彼を泊めることに。シロと名乗る彼が美園の過去を言い当てるのを不思議に思うが…。

ISBN978-4-88381-780-1／予価630円（税込）

『幼なじみは取扱い要注意』 若菜《わかな》モモ・著

Now Printing

高校時代の元カレにストーカーされた美海。幼なじみでイケメン外資系トレーダーの湊に助けられ、彼の存在の大きさを再確認する。湊に惹かれる一方で、同僚と通うオカマバーの美貌のニューハーフ、紅緒に心奪われていた。ある時、お客に絡まれた美海を助けてくれた紅緒。実はその正体は…。

ISBN978-4-88381-781-8／予価630円（税込）

『誘惑スキャンダル』 pinori《ピノリ》・著

Now Printing

24歳の葉月は、勤務先で元カレと再会してしまう。復縁しようとしつこく迫るその男から助けてくれたのは、葉月のマンションの管理人・五十嵐だった。普段は帽子を深くかぶっていた彼の素顔は、超美形！　甘い言葉に誘われて、その日のうちに関係を持ってしまうけれど…。謎だらけの管理人の正体は？

ISBN978-4-88381-782-5／予価630円（税込）

『冷たい関係』 月森《つきもり》さや・著

Now Printing

27歳の緑は、お見合いで出会った相手に恋をするものの、婚約直前に「好きな女性がいる」と告げられ振られてしまう。どうしても忘れられない緑は意を決し、あの手この手で彼を追うのだけれど…!?　向こう見ずなひたむきさが、いじらしくってかわいらしい。思わず笑みがこぼれる純愛ラブコメディ。

ISBN978-4-88381-783-2／予価630円（税込）

タイトル、価格等は変更になることがございますのでご了承ください。